SCHLUPPS DER HANDWERKSBURSCH

MÄREN UND SCHNURREN

C. BERG

Einleitung

Es war einmal ein Handwerksbursche, der hatte zur Gewohnheit, daß er bei allem, was ihm geschah, sagte: »Das ist mir ›Schlupps!‹« Und weil man das Wort immer von ihm hörte, behielt er es als Namen bei, und alle Welt rief ihn »Schlupps,« so daß ihm selbst sein richtiger Name »Heinz« fast in Vergessenheit kam.

Er wanderte von Herberge zu Herberge, begrüßte in den Städten das Gewerk und ließ sich einen Zehrpfennig geben. Wo ein Meister ihn an die Arbeit stellen wollte und ihm kein Wandergeld gab, spielte er ihm einen Schabernack; denn, sagte er, »meiner Mutter Sohn hat weiche Hände« und »wer die Arbeit kennt, drängt sich nicht dazu.« Weil aber manchmal Schmalhans in seinem Beutel haushielt, mußte Schlupps zur Arbeit greifen und das Schreinerhandwerk, das er erlernt hatte, ausüben.

Schlupps beim Schreiner

Einst war er zu einem Meister gekommen, der arg geizig war und ihn hart zum Schaffen anhielt, an Tadel nicht sparte, dafür am Brotkasten den Deckel schloß, wenn das Sattwerden anfangen wollte. stand in der Werkstatt und hobelte. Die Sonne schien warm, die Vögel sangen, und der Geselle meinte, sie riefen ihn hinaus auf die Landstraße, wo an den Bäumen die Kirschen reiften. Sagte der Meister: »Gesell, die Bank muß fertig werden.« »Recht so,« antwortete Schlupps, der wieder den Kopf voller Streiche hatte. »Sagt mir, wieviel Beine eine Bank hat.« »Sollte man nicht meinen, er wäre bei einem Schuster in der Lehre gewesen und hätte nur einen Dreibein kennen gelernt!« rief der Meister erbost. »Auch gut,« dachte Schlupps, »also ein Dreibein soll es werden.« »Eil dich,« sagte der Meister, »wenn ich wiederkomme, mußt du fertig sein,« damit ging er fort auf das Grafenschloß.

Schlupps aber, der die Augen überall hatte, wo es was zu erspähen gab, bemerkte wohl, daß der Meister unter der Schürze etwas forttrug, das er heimlich gearbeitet, damit es sein Geselle nicht sähe, und scharfen Blicks erkannte er, daß es ein hölzerner Fuß war, den der Meister mit Katzengold eingerieben, bis er glänzte. »Dahinter steckt etwas,« dachte er, begann in des Herrn Abwesenheit alles zu untersuchen, Schubladen, Kasten und Truhen und entdeckte in einer Lade, die unter des Meisters Bett stand, einen Fuß aus purem Golde, der gerade so aussah, wie der, den der Schreiner gemacht. Mit dem Goldfuß hatte es aber eine eigne Bewandtnis. Der Meister war auf dem Schloß gewesen, um in der Kammer des Grafen etwas in Ordnung zu bringen. Er mußte oft wiederkommen und hatte Muße, wenn der Herr Graf das Zimmer verließ, alles darin genau zu betrachten. Besonders gefiel ihm das Bett, das an einer Wand stand. Es war gar kunstvoll aus purem Golde gefertigt. Eine Fee hatte es dem Ahnherrn geschenkt und einen Zauber darauf gelegt, also: »daß jeder, der in dem Bette liege, so lange es unversehrt sei, nie solle von Krankheit befallen werden, sondern in hohem Alter sanft und selig entschlafen.« Darum war dem Grafen das Bett besonders lieb, und er hütete es wohl. Dem Meister aber stach das Gold in die Augen. Er besah das Bett genau und beschloß, die Beine auszutauschen. So hatte er schon ein Holzbein heimlich hergerichtet, daß es gerade so aussah wie das echte, und als er einmal allein in der Kammer arbeitete, um das Betpult des Grafen aufzuglänzen, tauschte er rasch die Beine aus. Und da niemand etwas davon merkte, und er hoffte, der Graf sei auf der Jagd, beschloß er, wieder zur Burg hinaufzugehen und heute nach Gelegenheit zu suchen, auch das zweite Bein, das er gemacht hatte, einzuwechseln. Der Graf aber war seit einiger Zeit unpäßlich, klagte über Schmerzen und konnte sich nicht erklären, woher das käme.

Als Schlupps das Goldbein in der Lade sah, dachte er: »Du kommst mir gerade recht. Mein Dreibein kann einen solchen Hinkefuß wohl brauchen,« nahm das Bein und leimte es an die Bank. Gegen Abend kam der Meister heim, ärgerlich, daß sein Plan mißglückt war; denn der Herr Graf hatte zu Bett gelegen, und so konnte er nicht in die Kammer. »Faß mit an die Lade,« gebot er dem Gesellen und trug sie mit ihm in den Keller; denn er hatte Angst, es könne ihm jemand seinen Schatz rauben, den er heimlich einem Goldschmied verkaufen wollte. Den Kellerschlüssel versteckte er im Rauchfang. »Ist die Bank fertig?« fragte er dann den Burschen. »Fertig und zum Küster getragen.« Deß war der Meister zufrieden; denn die Bank sollte am Sonntag vor der Kirchtür stehen als Armsünder-Bänkchen. War das alte doch schon abgenutzt von den vielen, die darauf gesessen hatten.

Wie Sonntags alle in der Kirche waren und der Pfarrer das Gebet gesprochen hatte, klopfte es vernehmlich an die Kirchenpforte, und als der Küster öffnete, kam die Bank herein, humpelte die Kirche entlang, »klipp, klapp, tripp, trapp,« am Altar des Herrn vorbei, immer weiter, bis sie an einem Kirchenstuhl stehen blieb, grad wo der Meister saß, der mit Schrecken den goldenen Fuß erkannte. »Ich weiß von nichts,« rief er und wurde blaß wie das böse Gewissen. »Es hat Ihn ja noch keiner angeklagt,« sprach der Pfarrer ernst. »Ich weiß von nichts,« versicherte der Meister wieder und zitterte und ward schlohweiß. »Das hat mein Geselle getan. Holt ihn her und laßt ihn die peinliche Strafe erleiden!« Aber der Geselle war fort über Land. Aus des Meisters Gefach hatte er so viel Geld genommen, als der Lohn für seine Arbeit betrug; alles andere hatte er unberührt gelassen. Der Meister mochte leugnen, soviel er wollte, es half ihm nichts – der Graf sagte ihm den Diebstahl auf den Kopf zu, schließlich gestand er seine Tat ein und mußte auf dem Armsünder-Bänkchen sitzen zum Gespött aller Leute. Der Graf aber ließ den echten Fuß wieder am Bett anmachen und war von der Stunde ab gesund.

Die Vogelscheuche

Wo war Schlupps indeß? Der saß auf einem Kirschbaum an der Straße und tat sich gütlich. »Gut, daß ich den Spatzen zuvorkomme,« dachte er. »Braucht der Bauer keine Scheuche aufzustellen, die ihm die Räuber verjagt.« Da sah er von ferne einen Landmann kommen, der hatte die blinkende Sense auf dem Rücken und schritt rüstig aus; denn er war ein gar großer Mann. »Halt,« dachte Schlupps. »Wer weiß, ob der versteht, was ich hier tue. Wenn er mit der Sense ausholt, sitzt mein Kopf etwas tiefer und kommt nimmer an seinen Platz.« Schnell zog er seinen Rock aus, drehte ihn um und tat ihn verkehrt an, den Hut stülpte er so tief auf den Kopf, daß man kaum das Gesicht sah, und dann stand er unbeweglich in den Zweigen.

Der Bauer dachte: »Was ist denn das für ein Ungetüm, vor dem fürchten sich die Spatzen sicher. Wenn ich nur wüßte, wie ich zu einer solchen Vogelscheuche käme.« »Wer hat dich dort oben hingestellt?« rief er hinauf.

»Mein Vater hat mich aus Holz gemacht.

Mein' Mutter hat mich hierhergebracht.

Mein' Schwester weint um mich sicherlich.

Rüttle mich fest, so lebe ich,« –

klang es hohl zurück.

Da erschrak der Bauer und meinte nicht anders, als es sei eine verwünschte Seele, die er erlösen könne, stieg auf den Baum und begann den Burschen zu rütteln und zu schütteln. Der sprang herab und rief: »Das lohn' dir Gott, das lohn' dir Gott,« dann gab er Fersengeld und lief davon, dem Dorfe zu. Erstaunt ging der Bauer heim und gradaus zum Pfarrer, dem er die Mär von der erlösten Seele beichtete. Der Pfarrer war sehr erfreut, in seiner Gemeinde ein Schäflein zu haben, das irrende Seelen erlösen könne. Er belobte den Bauer um seine Guttat und wies ihn an, den Burschen herbeizubringen. Wie der Bauer das Pfarrhaus verließ und an dem Gottesacker vorbeischritt, da sah er an der Kirchhofmauer eine Gestalt stehen, die kam ihm bekannt vor, und wie er hinsah, war es die Scheuche vom Kirschbaum, angetan wie ein richtiger Handwerksbursch. Das gab eine große Freude im Dorf, als der Geselle unter der großen Linde saß und anhub zu erzählen, wie eine böse Stiefmutter ihn verwünscht habe – dabei hatte er seine Lebtage keine Stiefmutter gehabt – wie der Bauer ihn erlöst habe, und daß er jetzt die Kunst besäße, die Vögel zu scheuchen und von der Saat fern zu halten.

Da wollten ihn die Bauern nimmer fortlassen, und es wurde beschlossen, daß sie reihum den Burschen verpflegen wollten, dafür sollte er abwechselnd ihre Felder und Gärten bewachen. Deß war der Handwerksbursche zufrieden, stand jeden Tag in einem andern Feld und lehrte die Kinder, die sich in Haufen um ihn versammelten, tolle Sachen, Gesichter schneiden, Schelmenlieder singen und kecke Antworten geben. Weil nun immer eine große Kinderschar um den Gesellen war und viel Lärm machte, blieben die Felder spatzenrein. Dafür aß der Bursche für zwei und mancher dachte: »Besser die Spatzen säßen im Feld, als der Fresser am Tisch.« Wagten aber nichts zu sagen, weil keiner vor den Nachbarn als geizig und ungünstig erscheinen wollte.

Als aber der Bursche an das letzte Haus des Dorfes kam, in dem eine arme Witwe wohnte, sagte diese: »Einen Garten zu bewachen habe ich nicht, und die Spatzen können mir nichts nehmen, dieweil kein Halm für mich wächst. Aber zu essen will ich Euch wohl geben, weil Ihr eine irrende Seele seid. Mein Kind und ich können heute das Mittagsmahl entbehren.« Damit setzte sie die Schüssel auf den Tisch und sagte: »Gesegn's Gott!« Dann nahm sie ihr Bübchen an die Hand und führte es hinaus, daß es nicht zusähe, wie der fremde Mann sein Essen bekäme, und draußen vertröstete sie das weinende Kind auf das Nachtmahl.

Dem Handwerksburschen stieg das Blut zu Kopfe, wie er bedachte, daß die arme Frau und das Kind hungerten. Er saß eine Weile vor der vollen Schüssel, dann stand er auf, rief die Frau und sagte: »Gegessen hab' ich. Wundert Euch nicht, daß die Schüssel nicht leer und noch voll Milchsuppe ist. Sagt es keinem, daß ich einen Zauberspruch weiß, der die Schüssel, daraus ich esse, immer wieder füllt.« Damit ging er fort, und als die Frau hineinkam, lag neben der Schüssel ein blankes Goldstück.

Der Weinpanscher

Den Burschen duldete es nicht mehr am Orte; denn wenn er den Zaubersegen in jedem Haus vor der vollen Schüssel hätte aussprechen sollen, so wäre es um seinen Magen schlecht bestellt gewesen. Darum machte er, daß er fortkam und wanderte über einen hohen Berg, bis er talwärts ein einsames Wirtshaus fand. Der Wirt stand in der Türe und spähte nach allen Seiten, ob kein Wanderer des Weges kommen wollte; denn es war schon hoch im Jahre, und selten verirrte sich einer in die verlassene Gegend. Er sah Schlupps mißtrauisch an und gab ihm zu verstehen, daß sein Haus auf Gäste, die schlecht zahlten, nicht eingerichtet sei; fragte, wie lange der Gast zu bleiben gedenke und wohin und woher. »Grad aus dem Fegfeuer,« seufzte der Bursche, machte ein gottsjämmerliches Gesicht, saß nieder, stützte das Haupt in die Hände und seufzte laut auf.

Dem Wirte wurde bang. Wenn das nur nicht der Gottseibeiuns selber war, der ihn versuchen wollte. Der nahm so viele Gestalten an, warum sollte er nicht auch als Handwerksbursche kommen?

»Erzählt mir, was Euch herführt?« bat er den Gast. Dabei trug er eine Schüssel nach der andern auf und nötigte den Fremden zum Essen, und der, nicht faul, hieb auf die Gerichte ein, daß es eine Lust war. Das beruhigte den Wirt einigermaßen, daß der Böse so menschlich aß und trank. Dann gab der Bursche auf die Fragen Bescheid und erzählte von den armen Seelen im Fegfeuer. »Warum habt Ihr müssen darinnen sitzen und warum irrt Ihr jetzt auf der Erde herum?« fragte der Hausherr.

»Das ist eine traurige Sache,« seufzte Schlupps und zündete ein Pfeifchen an. »Ich war ein Gastwirt, wie Ihr. Mein Haus stand in einem schönen Tal, wo Wein in Fülle wuchs. Da ich aber unersättlich war und nicht schnell genug reich werden konnte, tat ich Wasser in den Wein und wußte doch, daß ich meine Seele damit dem Bösen verschrieb. Jahrelang hielt ich es so. Eines Tages klopfte ein Handwerksbursche an meine Tür und bat um ein Nachtlager. Weil ich dem Gast ansah, daß seine Zeche nicht sehr hoch sein werde, nahm ich ihn unwillig auf, setzte ihm Reste von saurem Wein vor, der vom Faß niedergetropft war und in einem Bottich gärte und wies ihn fort, als er Nachtherberge verlangte. Dann ging ich in den Keller, meinen Wein mit Zucker und Wasser zu mischen, wie ich es gewohnt war.

Als ich mich umwende, wer steht hinter mir? Der Handwerksbursche! Er packte mich und schrie: »Hab ich dich bei deinem schändlichen Treiben erwischt? Jetzt bist du mir verfallen.« Er wuchs und wuchs, bis er an die Decke des Kellers stieß, seine Augen glühten und sprühten Flammen. Dann stampfte er mit dem Fuße auf die Erde und wir sanken tausend Klafter tief, grad in die Hölle. Da war große Freude, als ich ankam; denn die Weinpanscher sind dort besonders gut angeschrieben, und des Teufels Großmutter nahm mich gleich bei der Hand und führte mich an eine glühend heiße Stelle. Jetzt mußte ich im Fegfeuer sitzen und sah über mir Wein keltern, den besten Roten und Weißen. Der Duft zog mir in die Nase, und ich bekam keinen Tropfen zu kosten. Alle hundert Jahre darf ich auf die Erde gehen, in Gestalt eines Handwerksburschen. Finde ich einen Wirt, der die armen Wandrer von der Schwelle jagt oder ihnen ein bös Gesicht und sauren Wein vorsetzt und die lieben Gottesgaben mit Wasser mischt, dann bin ich frei und darf ihn statt meiner in die Hölle führen. Lasse ich mich aber durch Bitten erweichen und gebe den Wirt frei, dann muß er mich ein Jahr gut verpflegen, und ich muß an seiner Stelle hundert Jahre mehr im Fegfeuer sitzen.«

Der Wirt erschrak und dachte an den Brunnen, den er im Keller gegraben hatte, weil er das Wasser dann bequemer in die Fässer schütten konnte. Er wies dem unheimlichen Gast sein bestes Zimmer an, wartete, bis er schlief, stieg dann in den Keller hinab und leerte vorerst zwei von den großen Fässern, in denen gewässerter Wein war, in den Brunnen aus. Über den deckte er ein großes Brett, damit keiner sähe, was darinnen war.

Am andern Morgen bat der Bursche: »Zeigt mir doch Euren Weinkeller.« Der Wirt traute sich nicht zu widersprechen, führte den Handwerksburschen hinab und ließ ihn von jedem Fasse kosten. Aber nur von den guten, in denen reiner Wein war. Schlupps aber entdeckte hinten in der Ecke zwei Fässer, die ihm verdächtig vorkamen, ging hin und wollte sie anzapfen.

»Kommt herauf und eßt erst was,« bat der Wirt, »mit leerem Magen trinkt sich's schlecht. Hab Euch ein Hühnchen gebraten und einen fetten Schinken aus der Räucherkammer geholt.« Das ließ sich der Gast nicht zweimal sagen, ging hinauf, aß und hieb mit solcher Macht in den Schinken ein, daß sein Messer Funken sprühte und der Wirt meinte, das höllische Feuer leuchten zu sehen.

Als die Mahlzeit fertig war, sagte Schlupps: »Meister, so leid es mir tut, die Kellerprobe ist noch nicht fertig. Doch braucht Ihr Euch nicht in den Keller zu bemühen. Des Teufels Großmutter hat mich ein Sprüchlein gelehrt, wenn ich das sage, dann kommen die Fässer, in denen gepanschter Wein ist, gradwegs die Kellertreppe hinauf in die Wirtsstube. Ich brauche bloß meinen Becher hoch zu heben und zu sprechen: Haltet ein! Haltet ein!« schrie der Wirt und riß den Becher aus der Hand des Handwerksburschen. »Laßt im Keller, was drinnen ist. Ich will Euch ein Jahr verpflegen und Ihr sollt es gut haben. Was kann Euch an hundert Jahren mehr im Fegfeuer liegen?«

»Wirt, Ihr sprecht, wie Ihr es versteht. Wüßtet Ihr, welche Pein ich dort erduldet! Ihr holtet selber die Fässer herauf, um mich zu erlösen. Schrecklich ist es dort unten und –« »Hört auf, hört auf!« rief der Wirt wieder. »Laßt Euch erweichen. Bleibt bei mir. Ihr sollt es nicht bereuen, und ich will auch für Eure arme Seele beten.« Der Bursche sann nach. »Ihr tut mir leid,« sagte er endlich. »Euch zu lieb will ich es auf mich nehmen. Aber,« setzte er drohend hinzu, »hütet Euch, den Pakt zu brechen; denn dann seid Ihr mir unrettbar verfallen und müßt in die Hölle.«

Der Wirt versprach, was der Bursche wollte, stieg in den Keller hinab, holte ein Maß vom Besten, und bei Rotem wurde der Pakt besiegelt. Dann ging der Hausherr wieder hinunter und strich zärtlich über die beiden Fässer, die er noch zurückbehalten hatte. Den Wein wollte er den Fuhrleuten vorsetzen, die im Sommer kamen und Ausspann bei ihm hielten.

Den Winter hindurch saß Schlupps in der Wirtsstube, erzählte Schnurren, schmauchte sein Pfeifchen und aß und trank. Wie es aber Frühling wurde, sehnte er sich hinaus und sagte zu seinem Wirte: »Seid bedankt für die Pflege, die Ihr mir habt angedeihen lassen. Ich will es Euch eingedenk sein und die hundert Jahre Fegfeuer gern für Euch ertragen. Mein Jahr ist noch nicht um; aber ich muß weiter ziehen. Doch zuvor gebt mir die zwei Fässer, die in der Ecke im Keller liegen, sonst hilft dort unten mein Bitten nichts. Ich will sie Euch abnehmen. Gebt mir Wagen und Pferde, so lade ich sie auf, und Ihr seid sie los.«

Der Wirt war froh, den höllischen Gast auf gute Art aus dem Hause zu bekommen, gab ihm das Verlangte, tat noch ein Fäßchen schweren Roten dazu, steckte dem Burschen ein Beutelchen mit Geld bei und bat ihn um Gotteswillen, bei des Teufels Großmutter ein gut Wort einzulegen.

Der Bursche versprach es und sagte zum Abschied: »Wenn Euch einer fragt, wer Euch gelehrt hat, mit Wein und Gästen gut umzugehen, sagt immer ›Schlupps.‹« Damit zog er ab, und dem Wirt fiel ein Stein vom Herzen.

Nicht lange darauf hörte man eines Tages Hörner blasen, und als der Wirt in die Haustüre trat, kam eine Reiterschar dahergesprengt, und der Vornehmste von ihnen war der König. Die Ritter saßen ab und traten in die Gaststube. »Holt Essen herbei,« befahl der König, »wir sind müde und hungrig von der Jagd.« Da liefen der Wirt und sein Gesinde und brachten heran, was Gutes in Kammer und Küche war. »Habt Ihr Wein?« fragte der Kämmerer, der immer an des Königs Seite saß. »Ei freilich,« rief der Wirt und wollte schnell hinabspringen und zapfen; aber der König sah ihn scharf an und sprach: »Weißt du, daß ich ein Gebot erlassen habe: man solle jeden, der Wein fälscht, zum Galgen führen? Wehe, wenn ich dich auf böser Tat ertappe!« Der Wirt beteuerte, daß sein Wein echt und rein sei. Da stieg der König selbst mit in den Keller, um den Wein zu prüfen, und aus jedem Faß, das er versuchte, kam die liebe Gottesgabe rein und unverfälscht heraus und sein Gesicht strahlte immer mehr vor Freude, als er von Faß zu Faß ging. »Wer hat dich gelehrt, den Wein so gut zu behandeln?« »Schlupps,« antwortete der Wirt.

Da sahen sich die Diener des Königs erstaunt an, solch ein Wort hatten sie noch nie vernommen. Der Kämmerer aber legte den Finger an die Nase, dachte eine Weile nach und meinte dann bedeutungsvoll: »Das ist eine Sprache, die ich nicht kenne. Wer weiß, was der Wirt für ein gelehrter Mann ist.« – Dann flüsterte er lange heimlich mit dem König. Der nickte mit dem Kopfe und sagte zu dem Wirt, der abseits stand und nicht wußte, was das alles zu bedeuten habe: »Wisset, mein Kellermeister ist gestorben. Im ganzen Lande suchen wir einen neuen; aber es muß ein Mann sein, der nie Wein gefälscht, noch gewässerten Wein verkauft hat. Du scheinst mir der Rechte. Sage mir, wer hat dich in der Kunst unterwiesen?«

»Schlupps,« sagte der Wirt wieder. Der König legte seine Stirn in tiefe Falten und sah sich ernst im Kreise um. Denn weil ein König gescheidter sein muß, wie alle Leute und alles besser wissen soll, wollte er nicht merken lassen, daß er das Wort nicht kenne und so sagte er: »Das dachte ich mir gleich. Willst du mein Kellermeister sein, so sollst du in meinem Schlosse wohnen, in einer goldenen Kutsche fahren und so viel Geld haben, als du immer willst; dafür darf kein anderer als du meinen Wein besorgen.«

Des war der Wirt froh. Entließ sein Gesind, schloß sein Haus zu, bestieg ein Pferd und zog mit dem König fort.

Von einer Heirat

Schlupps fuhr indes in die Welt hinein, machte sich gute Tage und sparte nicht an Geld; denn er meinte, der Beutel lange ewig. Eines Tages aber sah er, daß nur noch wenige Goldstücke darinnen waren und er sehen mußte, sich Geld zu verschaffen. Er war indeß schon ein gut Stück in der Welt herumgekommen, denn mit Wagen und Pferden ging es schneller als auf Schusters Rappen. Einkehr hielt er des Nachts selten in Wirtshäusern, meistens bat er die Bauern, bei ihnen sein Gespann einstellen zu dürfen, dieweil er ein armer Fuhrmann war, der daheim Weib und Kind hatte. Er wolle gern den Hafer für sein Pferd und die Abendsuppe für sich bezahlen. Da aber die Leute, besonders die Frauen, mit ihm Mitleid hatten, wenn er gar zu beweglich von seinen sechs hungrigen Kindern daheim erzählte, gaben sie ihm um Gotteswillen, was er sich ausbat, und was er des Nachts sparte, ließ er des Mittags im Wirtshaus draufgehen.

So kam er einmal abends in ein Dorf und hielt gleich bei dem ersten Bauernhof um Nachtherberge an. Der Bauer aber war der Dorfschulze und gar hochmütig. »Hab kein Wirtshaus für herumziehendes Volk,« brummte er. »Brauche meine Ställe alleine,« und jagte den Fuhrmann fort. Der traute sich nicht so bald wieder zu fragen, zog langsam weiter und horchte, wie die Hunde hier gar so bös bellten. »Scheinen ungute Leute im Dorf,« dachte er, »tät ihnen not, daß ich sie mit meinen Launen und Schwänken hobelte, damit sie an mich denken.«

Da sah er abseits ein Gehöft, von dessen niederm Dach die Schindeln morsch herunterhingen. Er fuhr hin, stieg ab und spähte durch das Tor. Auf dem Brunnenrande saß ein Mädchen, den Kopf hatte es in die Schürze gesteckt und man hörte, daß es bitterlich weinte. »Jungfer, was fehlt Euch?« fragte Schlupps. Sie fuhr hoch und sah erschreckt zu dem Manne auf; als sie aber in ein gutmütiges Gesicht blickte, faßte sie sich ein Herz und fragte ihn, was er wolle. Er erzählte ihr, daß er Nachtlager suche, denn die Wirtshäuser wären zu teuer.

»Kommt nur herein,« sagte sie. »Ich fürchte Euch nicht. Stehlen könnt Ihr mir nichts. Meine letzte Ziege ist gestern gefallen und mir werdet Ihr wohl kein Leid antun. Und wenn auch, das Sterben ist mir nicht unlieb; denn das Leben ist mir verleidet.« »Redet nicht so gotteslästerlich,« sprach er ernst. »Erzählt mir Euren Kummer, vielleicht kann ich Euch helfen.«

»Wißt,« hub sie an zu erzählen. »Der Hans und ich lieben uns schon lange. Der Hans ist der Schulzensohn und wollte mich zu seinem Weibe machen, aber sein Vater ist gar reich und hochmütig und hat den Hans mit der reichen Bäckertochter versprochen. Die ist häßlich und böse; ein freundliches Wort gönnt sie keinem Menschen. Wäre sie gut, wollte ich ihr den Hans gern lassen und für immer fortgehen, daß mich der Hans nicht mehr sieht und meiner vergißt. Aber, da ich weiß, was für eine Garstige sie ist, drückt mir der Kummer das Herz ab. Wie der Hans seinem Vater trotzte und sagte, er wolle nur mich haben, lachte der Schultheiß spöttisch und meinte: »Die Eve, die so arm ist, daß sie nicht einmal ihre Hochzeit ausrüsten kann und die Gäste Essigwasser anstatt Wein zu trinken bekämen! Wenn aus der Eve ihrem Brunnen roter Wein kommt, darfst du sie heiraten!« Das ist natürlich eitel Gerede gewesen; denn er weiß, daß so was nie möglich ist, und jetzt ist der Hans mit der Bäckin aufgeboten und Sonntag ist Hochzeit.«

»Tröstet Euch,« sagte Schlupps. »Es gibt Burschen, die gewiß noch schöner sind als der Hans. Ihr werdet einen anderen finden.« »Nimmermehr,« rief Eve. »Lieber in den Brunnen!« »Wartet ab und verliert die Hoffnung nicht; vielleicht weiß ich Rat. Legt Euch zu Bett, verschließt Eure Kammertür und vertraut auf Gott. Ich will im Stall bei meinen Pferden schlafen und ihnen den Hafersack umhängen.«

Als das Mädchen in seine Kammer gegangen war und es still im Hofe ward, ging der Bursche in die Gerätekammer, holte eine Schaufel und fing an, ein großes Loch im Hof zu graben und daneben noch eins. In die beiden Löcher aber tat er die Fässer mit saurem Wein, deckte Erde darüber und Steine, und das Faß mit rotem Wein versenkte er in den Ziehbrunnen. Dann legte er sich zu seinen Pferden auf die Streu und schlief ein.

Am andern Tage sagte er zu dem Mädchen: »Ich muß noch einmal fortgehen. Laßt meinen Wagen und die Pferde einige Tage bei Euch stehen. Es soll Euch nicht reuen.« »Gern,« gab sie zur Antwort. »Da ist noch etwas Heu und Hafer. Ich hab es nicht not, nehmt Ihr es. Ich will Eure Pferde wohl versorgen, wenn Ihr fort müßt.« Da verabschiedete sich Schlupps, ging in das Dorf und geradezu in den Bäckerladen, wo die Bäckertochter fein aufgeputzt da saß. »Was wollt Ihr?« fragte sie barsch. »Ein Brot,« sagte der Handwerksbursche demütig. »So nehmt, zahlt und macht, daß Ihr fort kommt. Braucht mich nicht so anzusehen. Verzeiht Jungfer,« stotterte Schlupps und tat arg verlegen. »Hätte ich doch mein Lebtag nicht gedacht, daß ich des Kaisers von Welschland Frau hier leibhaftig vor mir sehen würde.« »Wen?« fragte die Bäckerstochter, und der Hochmut fing an, sich in ihr zu regen.

»Des Kaisers von Welschland Gemahlin, leibhaftig. Muß ich sie doch kennen, bin oft genug im Schloß gewesen und hab ihr gar prachtvolle Kleider gemacht. Denn wißt, ich bin ein tüchtiger Schneidermeister und hätte es können in Welschland weit bringen. Doch, wie es geht. Wollte wieder ins Vaterland. Hab aber oft zurückgedacht an die schöne Königin. Wenn Ihr Kleider hättet wie die – weiß Gott! Keiner tät wissen, daß Ihr nicht eine Prinzessin seid und daß Eure Wiege hinter den Mehlsäcken gestanden hat. Könnt Ihr mir nicht künden, wie Ihr heißt?« »Grit,« sagte sie und versuchte, recht holdselig zu lächeln, es wollte ihr aber nicht gelingen; denn die oberen Zähne hingen ihr über die unteren herab und so machte sie mehr ein Grinsen, denn ein Lächeln. »Grit,« wiederholte sie.

»Kann so was sein?« rief Schlupps. »Gibt es Wunder? Genau so hieß die Königin. Wer weiß, vielleicht hat mich der Zufall nicht umsonst hergeführt und der Prinz Xaver, der immer eine Frau sucht, die wie seine Mutter aussieht, seufzt nicht vergebens. Gewiß ist Euer Herz noch frei, Jungfer?«

»Das ist es eben,« sagte sie wehleidig. »Am Sonntag soll ich ehelichen, den Hans vom Schultheiß. Er hat mir soweit ganz gut gefallen, besonders weil ich ihn der Ev', dem dummen Ding, nicht gönnte.«

»Was?« rief der Handwerksbursche erstaunt. »Ist so was möglich? Einem Bauern wollen sie Euch zum Weibe geben und seid doch nur für einen Prinzen geschaffen? Ei, hätte nicht gedacht, daß Ihr so herunterstieget. Aber um Eines bitte ich Euch. Laßt mich das Brautkleid machen, genau wie es die Königin trug, damit die Leute sehen, wen sie vor sich haben.«

Deß freute sich Grit, denn es verdroß sie schon lange, daß sie zur Hochzeit daher kommen sollte wie jede Bauernmagd. Jetzt sollte der Hans sehen, was eine reiche Braut vermochte, und die Eve sollte vor Neid bersten.

»Erzählt mir, wie das Gewand war,« bat sie. »Aus den besten Stoffen,« erzählte das falsche Schneiderlein, »ein Unterkleid von gelbem Tuch, dazu ein Obergewand von rotem Sammet, die Ärmel gepufft aus heller Seide und alles fein mit bunten Bändern ausstaffiert. Auf dem Kopfe eine vier Ellen hohe Mütze aus Seide und Pelz und daran einen Schleier, so lang als Ihr seid und noch darüber, und die Schuhe die Schuhe, die waren mit dicken grünen Perlen besetzt. Eine goldene Kette lag um den Hals, die ging bis auf den Gürtel, und der war aus purem Golde mit bunten Steinen verziert. So müßt Ihr es auch haben. Wartet nur Ihr Bauern,« und er drohte mit der Faust hinaus in die Luft, »ich will Euch zeigen, wie man eine Prinzessin zu behandeln hat.«

»Aber werdet Ihr das Alles so schnell nähen können?« fragte Grit zweifelnd. »In vier Tagen ist Hochzeit.«

»Nichts leichter als das,« lachte Schlupps. »Hab in Welschland doch anderes leisten müssen. Gebt mir Wagen und Pferd, so fahr' ich in die Stadt und kaufe alles ein. Wundert Euch nicht, wenn ich erst morgen Abend wiederkomme; denn es wird schwer halten, alles im Städtchen zu finden. Damit Ihr aber sicher seid, daß ich wiederkehre, lasse ich mein Felleisen da. In dem ist mein Fingerhut, und wenn ich den nicht habe, kann ich nichts machen. Hütet Euch jedoch, das Felleisen zu öffnen. Es ist mit einem Zauberspruch geschlossen, und wer es öffnet, wagt sein Leben.« Grit, deren Hoffart immer mehr stieg, gab ihm heimlich ihres Vaters Wagen und Pferd und einen großen Sack Geld; den wollte sie eigentlich dem Hans als Brautgabe mitbringen. »Braucht davon, so viel Ihr für gut findet,« sagte sie. Denn wenn sie auch keinem etwas gönnte, so war ihr für sich selbst nichts zu viel, und sie scheute nicht Geld und Gut, wenn es ihre Schönheit galt. Meinte sie doch, daß ihr kein Mädchen im Dorf gleich käme, und wußte nicht, wie die hakige Nase garstig aus den knochigen Wangen herausstach, und der Hans fürchtete sich so vor dem spitzen Gesicht, daß er seiner Braut noch nie einen Kuß gegeben hatte und stets wehmütig an Eves rundes, frisches Gesicht mit den braunen Augen dachte.

So fuhr Schlupps davon. Hans aber kam auf seines Vaters Weisung, seine Braut zu besuchen und allerlei mit ihr wegen des Hausrats zu besprechen. Der Schultheiß kam selbst auch hinzu, um die künftige Tochter wegen der Hochzeit zu befragen. Er wunderte sich nicht wenig, wie Grit hoffärtig und spitz immer davon sprach, daß es eine Gnade für Hans sei, wenn sie ihn nähme, und daß sie für Höheres geboren wäre. »Na, hoch genug liegt unser Hof ja,« sagte der Schulze scherzhaft, er verstand noch immer nicht, wo sie hinaus wollte. »Laßt die Späße, Schultheiß,« gab sie giftig zurück. »Wenn ich erst Bäuerin auf dem Hof bin, werden wir sehen, wie hoch Ihr seid. Da habt Ihr nichts mehr dort drein zu reden. Am besten wär's, Ihr gäbet Hans gleich Haus und Hof und zöget aus. Für drei Leute ist der Hof zu eng.«

Da sah Hansens Vater, was für eine Böse die neue Schwiegertochter war, schlug die Türe zu und ging heim. »Noch ist nicht aller Tage Abend,« brummte er. Und der Zufall wollte, daß ihm die Ev begegnete, wie sie so bescheiden und sittig durch das Dorf schritt. »Hätte ich der doch den Hans gegönnt,« dachte er, »das wäre eine bessere Hausfrau geworden, als die übermütige, häßliche Bäckerstochter,« und weil er im Grunde nicht geldgierig, nur stolz und rechthaberisch war, tat ihm jetzt die Eve leid. Sie hatte mit so traurigen Augen auf ihn geblickt.

Schlupps fuhr indeß in die Stadt, kaufte allerlei Stoffe, alles vom Gröbsten und Schlechtesten, ging zu einem Schneidermeister und sprach: »Meister, mach Er mir bis morgen ein Gewand. So und so muß es sein« und beschrieb, wie er es haben wollte. »Das kann nicht sein,« widersprach der Meister, »das wäre eine gar traurige Arbeit, und man würde mich darob mit Schimpf und Schande aus der Zunft jagen. Gebt mir acht Tage Zeit und es soll genäht und gebügelt sein, wie es sich gehört.« »Bis morgen muß ich es haben,« beharrte Schlupps. »Tut Ihr es nicht, tut es ein anderer; auf Geld soll es mir nicht ankommen,« und legte ein Goldstück auf den Tisch. »Näht wie Ihr wollt, und wenn ein Stich auch dem andern zuruft: »halt Bruder, lauf nicht davon,« so soll es nichts ausmachen. Es braucht nicht lange zu halten und wenn die Ärmel nur lose darin hängen und die Nähte bald springen, so ist das Ausziehen um so leichter und man braucht nicht viel Haken aufzumachen.« »Auch gut,« überlegte der Meister von der Nadel. »Gewiß ist das unehrliches, fahrendes Volk; denn ein Bürgerkind zög ein solches Narrengewand nicht an;« rief seine Gesellen herbei und versprach, rechtzeitig fertig zu sein. Konnte sich aber nicht genug wundern, was für schlechte Tuche ihm zu Händen kamen, denn statt Sammet hatte der Schalk grobe Linnen mit roter Farbe anstreichen lassen.

Den Schmuck aber ließ er beim Blechschmied aus Blech und Messing machen und in den Gürtel Glasstücke hineinsetzen. Der Schleier war so groß wie ein Fischernetz, und der Beutel wurde, nachdem alles eingekauft war, nur um ein Weniges erleichtert. »Das Geld hast du dir sauer verdient,« dachte Schlupps und streichelte den Geldsack zärtlich. Wie er am folgenden Abend heimkehrte, stand die Bäckerstochter auf der Landstraße und erwartete ihn. »Steigt auf, schöne Grit,« rief Schlupps. »Laßt Euch erzählen.« – Er berichtete, wie er überall herumgelaufen sei, bis er alle Stoffe gefunden habe, dafür wären sie auch vom besten und feinsten. Jetzt wolle er aber die ganze Nacht fleißig sein; denn bis morgen müsse sie ihr Gewand haben. Den Packen trug er dann eilends auf die Kammer, die ihm die Grit eingeräumt hatte, schloß zu und steckte den Schlüssel ein. Dann ging er fort in das Wirtshaus. Da saßen die Mannsleute des Dorfes, alte und junge, und in ihrer Mitte der Schulze und Hans; denn heute sollte der Bursche noch einmal das Ledigsein feiern, wie es Brauch war am Ort.

»Schulze, warum seid Ihr so ernst?« sagte der Wirt. »Muß ich nicht ärgerlich sein?« war die Antwort. »Ich wollte zur Hochzeit von meinem einzigen Sohne etwas draufgehen lassen und hab darum meinen Knecht in die Stadt geschickt nach einem Faß vom besten Roten, wie es ihn hier herum nirgends gibt. Ein Freund hat ihn mir um vieles Geld besorgt. Jetzt schickte der Knecht mit einem Fuhrmann die Kunde her, das Faß sei noch nicht eingetroffen, und er wisse nicht, ob er zur Hochzeit zurück sein werde. Übermorgen ist die Trauung; morgen kommen schon die Gäste, und ich muß ihnen einen gewöhnlichen Wein vorsetzen, wie ihn jeder Bauer im Keller hat.«

»Verzeiht, Herr,« mischte sich Schlupps ins Gespräch. »Sollte im Dorf kein Wein zu haben sein? Ich bin Küfer und weiß die verborgenen Quellen wohl aufzufinden.«

Alle Gäste horchten auf und der Schulze sagte: »Wenn Ihr mir hier im Dorfe guten Wein schafft, soll es mir auf ein Stück Geld nicht ankommen.«

Der Bursche nahm eine Gabel, die auf dem Tische lag, schlug damit an ein Glas, hielt die Gabel an das Ohr und sagte mit geschlossenen Augen:

»Ich sehe ein Haus, abseits von der Straße, grüne Fensterladen sind daran, ein Nußbaum steht auf dem Hofe und ein Mägdlein sitzt in der Kammer, ringt die Hände und seufzt: ›Hilf Gott mir armen Waisenkind!‹«

Scheu sah alles nach dem Dorfschulzen. Das war ja der Hof der Eve! Der Hans verbarg sein Gesicht, weil er die Tränen, die in seinen Augen saßen, nicht zeigen wollte. »Im Brunnen,« fuhr Schlupps fort, »liegt ein Faß vom besten Roten. Linker Hand vom Brunnen sind zwei Steine, wenn Ihr da grabt, so findet Ihr zwei Tonnen Gold. Die aber darf man nur bei Vollmondschein öffnen. Fällt nicht das volle Mondlicht in die Fässer, wenn Ihr sie aufmacht, so verwandelt sich das Gold in sauren Wein.« Dann machte er wieder die Augen auf, sah erstaunt um sich und sprach: »Wo bin ich? Vermeinte doch eben auf einem einsamen Bauernhof zu sein und bin im Wirtshaus. Was bin ich schuldig, Herr Wirt?« »Nichts,« sagte der. »Euer Schöppchen soll Euch gesegnet sein, wenn alles, was Ihr gesagt habt, zutrifft.« Der vermeintliche Küfer dankte und zog ab. Der Dorfschulze ging nachdenklich heim. Käme bis morgen Mittag der Knecht nicht, dann wollte er sehen, ob es sich mit dem Wein so verhielt, wie der Fremde ihm bedeutet. Wenn er das gewußt hätte, daß die Eve heimlich Schätze auf ihrem Hof verborgen hielt, wäre er nicht so widerspenstig gewesen.

Am andern Tage sagte Schlupps zu Grit: »Jungfer, Ihr dauert mich. Ich will Euch etwas anvertrauen. Der Prinz Xaver hat mir Wagen und Pferde geschickt, daß ich ihn auf der Brautschau begleite. Es ist zwar ein einfach Gefährt, weil wir unerkannt durch die Lande ziehen wollen, aber ich denke, wenn Ihr das feine Gewand anlegt, braucht der Prinz nicht weit zu suchen. Die Braut ist da und die Hochzeit kann bald gefeiert werden.« Und Grit, der ihr Sinn schon lange nach dem Prinzen stand, rief freudig: »Wenn Ihr mich mitnehmen wollt, es soll Euch Euer Lebtag vergolten werden.« In ihrem boshaften Herzen dachte sie aber: »wenn ich erst Prinzessin bin, muß der Schneider aus dem Land, damit er keinem erzählt, daß ich Mehl gemessen und Brot gewogen habe.«

»So hole ich Wagen und Pferd,« meinte Schlupps. »Zieht Euch derweil an und vergeßt auch nicht, die Leinentruhe mitzunehmen,« ging zu Eve, dankte ihr für ihre Gefälligkeit und sagte: »Wenn hier ein Wunder geschieht und du weißt nicht, woher es kommt, so denke, das hat Schlupps getan und sei gegen arme Wanderer immer freundlich. Das aber sage ich Dir: Nimmer wird die Bäckin Hansens Frau, und Dich seh ich im Geiste mit ihm zur Kirche gehen.«

Dann fuhr er rasch an das Bäckerhaus, wo die Grit fein aufgeputzt ihn erwartete, lud die Truhe auf und hieß das Mädchen aufsitzen. »Nehmt Euch ein großes Tuch um,« warnte er, »damit die Leute Euch nicht erkennen.« Das tat sie, und wie die Pferde durch die Dorfstraße trabten, wendete mancher den Kopf nach der fremden Frau, die unkenntlich in ein Tuch gewickelt im Wagen kauerte.

Wie nun der Knecht nicht kam, beschloß der Dorfschulze, zu Eve zu gehen und nachzusehen, ob der fremde Küfer die Wahrheit gesprochen hätte, nahm aber drei ehrsame Männer als Zeugen mit. Wie er auf den Hof trat, kam ihm die Eve erstaunt entgegen und fragte nach seinem Begehr. »Verzeiht, Eve, wenn wir Euch ungelegen kommen,« entgegnete der Schulze, »aber man hat uns gesagt, daß Ihr im Ziehbrunnen Wein habt. Wollt Ihr mir den zu Hansens Hochzeit verkaufen?«

»Daß ich nicht wüßt',« staunte die Eve. »Hab zwar oft in den letzten Tagen, wenn ich die Eimer hinunter ließ, gespürt, daß etwas drinnen liege; ich meinte aber nicht anders, als es seien Steine von der letzten Schneeschmelze. Schaut zu, ob Ihr etwas findet.«

Die Männer stießen mit einer Stange in den Brunnen und fanden Widerstand. Einer holte eine Leiter, kroch hinab und rief: »Ein Faß! ein Faß!« Das holten sie mit vieler Mühe herauf, bohrten es an, und der beste Rote, wie sie ihn noch nie getrunken, floß heraus. Hansens Vater frug Eve, was sie dafür haben wolle. »Nichts,« sagte sie, »denn er ist nicht mein. Soll er aber zu Hansens Hochzeit sein, so nehmt ihn mit Euch, und möchte jeder Tropfen darinnen einen Tag Glück für Euren Sohn bedeuten.« Damit drehte sie sich um, denn sie konnte die Tränen nicht mehr zurückhalten. Auch dem Schulzen, der ein strenger Mann war, stand das Weinen näher wie das Lachen, und er hätte viel darum gegeben, wenn er Geschehenes ungeschehen hätte machen können. »Erlaubt, Eve,« bat er fast demütig, »daß wir im Hof unter den Steinen aufgraben.« »Macht, was Ihr für Recht haltet, Schulze,« sagte sie ganz verwundert über sein Tun; denn er griff selbst nach den Steinen, die linker Hand vom Brunnen lagen, räumte die Erde fort – – und stieß auf zwei große Fässer, grad wie es der unbekannte Mann gesagt hatte.

»Eve,« wandte er sich zu dem Mädchen, das immer noch nicht wußte, wie ihm geschah, »Ihr seid die Reichste im Dorfe. Die Fässer sind Goldes voll.« »Was nützt mir das,« schluchzte sie, »hab ich doch das Beste nicht und muß meine Liebe als Sünde anschauen.« »Weiß Gott,« stöhnte der Schulze, »könnt ich mein Wort zurücknehmen, ich tät's lieber heut als morgen. Aber die Bäckin hebt den Verspruch nimmer auf und so müssen wir das Übel ertragen.« Damit ging er fort, und wenn er auf einen Menschen böse und zornig war, so war er es auf sich selbst; denn die Eve gefiel ihm immer besser und das Wort, das er Hansen gegeben und nicht einlösen konnte, lastete ihm schwer auf der Seele.

Die Grit fuhr indessen mit Schlupps weiter, bis sie an eine einsame Waldhütte kamen. »Geht hier hinein,« sagte der Schalk, »in dieser Hütte will mich der Prinz treffen. Setzt Euch auf die Bank; er muß bald kommen, denn um die Dämmerung wollte er hier sein. Ich bleibe bei dem Wagen, daß niemand die Truhe mit Euren Leinenschätzen stiehlt.« »Bin ich erst Prinzessin,« rief Grit prahlerisch, »so trage ich doch nur Seide und Sammt; Leinen ist mir zu gering. Das Könnt Ihr als Lohn für Eure Dienste gleich nehmen!«

Damit ging sie hinein und setzte sich auf die Bank, die mit Spinnweb und Staub überzogen war. Weil sie aber sehr müde war, schlief sie bald fest ein. Als Schlupps merkte, daß sie so bald nicht aufwachen würde, hieb er auf die Rößlein ein und fuhr davon, so schnell seine Pferde laufen konnten.

Sonntag Morgen läuteten die Glocken zur Kirche, die Mädchen des Dorfes zogen vor das Haus der Grit und wollten sie holen. Der Bäcker stand ratlos da, frug jeden, ob er seine Tochter nicht gesehen habe, die mit der Leinenkiste verschwunden war, tobte und schimpfte und wußte sich ihr Verschwinden nicht zu erklären. Nachdem das ganze Haus vom Keller bis zum Boden vergeblich durchsucht war und man zum Überfluß noch Grits Kleider in der Kammer gefunden hatte, beschlossen die Gespielinnen, dem Bräutigam die Sache zu vermelden, vielleicht daß der Grit ein Unglück zugestoßen sei. Sie gingen in die Kirche, wo schon die Hochzeitsgäste und der Pfarrer standen und auf die Braut warteten.

Der Pfarrer riet, sich noch eine Stunde zu gedulden; aber der Schulze sagte: »Nein, Herr Pfarrer. Ist sie nicht da, so ist das Gottes Wille,« und erzählte, wie bös Grit ihm begegnet, wie hochmütig sie den Hans behandelt und was der fremde Wandersmann geweissagt habe. Wie er selbst aber sein ungerecht Tun gegen die Eve bereue. »Dort hinten kniet die rechte Braut,« schloß er und wies auf Eve, die vor dem Altar lag und für Hans allen Segen herabflehte.

Da erkannte der Pfarrer Gottes Gnade, trat auf Eve zu, faßte sie an der Hand und sagte: »Eve, willst du alle Kränkungen, die du erduldet hast, vergeben und vergessen und Hansens Weib werden?«

Und wie sie die bangen Augen des Herzallerliebsten sah, da leuchtete ihr Gesicht und sie sagte freudig: »Ja, ich will.« Dann traten sie an den Altar, und nie hatte der Pfarrer mit größerer Freude ein Paar eingesegnet wie Eve und Hans. Grit aber schlief im Waldhaus, und wie sie erwachte, schien die Morgensonne hell herein. Als sie aus der Hütte trat und sich umsah, war kein Wagen, keine Pferde, kein Schneider und keine Leinentruhe zu sehen. Ob sie auch schrie und tobte, – – sie kamen nicht und kamen nicht. Da begann sie zu merken, daß der fremde Geselle falsches Spiel mit ihr getrieben, lief weiter und weiter und wußte nicht wohin, bis sie auf einmal den Kirchturm ihres Dorfes sah und den Wetterhahn darauf. Da nahm sie ihre letzte Kraft zusammen, eilte auf müden Füßen vorwärts, bis sie die Kirche erreichte, und riß die Pforte auf, gerade als der Pfarrer das glückliche Paar zusammengegeben hatte. Alle Gäste schrieen auf; denn sie vermeinten nichts anderes, als eine böse Hexe zu sehen. Erst wie sie näher hinschauten, erkannten sie die Grit. Sah die aber aus!

Staub und Spinnweb lagen auf ihrem Gewand, an dem die Nähte alle geplatzt waren, daß der hagere, braune Leib herausschaute; die Mütze saß schief auf dem Kopf, die Haare hingen wild um die Stirn, und sie erschien als ein Bild des Jammers. Wirr sah sie um sich, dann stürzte sie auf das Paar, das am Altar stand, los und schrie mit geballten Fäusten: »Falsches Ding, willst du mir meinen Hochzeiter nehmen?« Damit suchte sie die Eve bei Seite zu drängen, die sich voll Angst an Hans klammerte. Der Pfarrer aber trat dazwischen und sprach: »Laßt gut sein, Grit. Hier hat ein Höherer gewaltet. Geht heim, laßt Euch ein ander Gewand anziehen und vom Bader zur Ader lassen.« Denn er meinte nicht anders, als die Grit wäre besessen und hätte den Verstand verloren. So wollte er sie mit gutem Zuspruch aus der Kirche schaffen, damit das Gotteshaus nicht durch Lästerreden entweiht werde. Da lief die verlassene Braut heim, schloß sich in ihre Kammer ein, heulte und schrie. Im Hochzeitshaus aber herrschte eitel Freude und Seligkeit. Von dem Tag an ließ die Grit ihrem Vater keine Ruh; sie wollte aus dem Dorf heraus; denn in ihrer Eitelkeit maß sie sich nicht die Schuld an ihrem törichten Beginnen zu, sondern vermeinte, der Schulze habe ihr einen Streich gespielt, weil sie ihn so hart angelassen.

Wie bald darauf der Vollmond schien, beschloß der Schulze, die Fässer zu heben, und weil es eine klare Nacht war, stand dem nichts im Wege. Im Stillen freute es ihn, daß sein Einziger das reichste Mädchen im Dorf gefreit hatte, und er hielt den Kopf noch höher als sonst, wie er jetzt mit Hans und vier kernfesten Männern auf Eves Hof kam. Bald waren die Fässer heraufgeschafft, und der Schulze hob das Beil, um den Deckel zu sprengen.

Plötzlich erhob sich ein Wind, graue Wolken jagten daher und zogen über den Mond, gerade als das Beil in vollem Schwunge heruntersauste. Da spritzte es umher, daß des Schulzen Kleider naß wurden, und wie er in das erste Faß sah, floß darinnen weißer Wein und war von Gold nichts zu sehen. Und beim zweiten erging es genau so. Das erkannte der harte Mann jetzt als Strafe für seinen Hochmut und schwieg still. Von der Gasse her aber klang ein höhnisches Lachen, das kam von der Grit, die heimlich in die Stadt fuhr, auf Nimmerwiedersehen.

Kaufmann Goldreich

Jetzt ging es Schlupps gar gut. Er hatte einen Sack voll Geld und eine Truhe voll Leinen, beschloß aber diesmal Haus zu halten und nicht mehr alles zu vertun. Als er in das nächste Städtchen kam, war gerade dort Markt und von weit her kamen Leute, um einzukaufen. Sie feilschten an den Buden um Ketten und Ringe und bunte Tücher, und besonders das Weibervolk konnte sich nicht genug tun am Schauen und Handeln. Wollten alles haben und war ihnen doch alles zu teuer, sahen begehrlich auf die Ware und warfen sie hin, als wäre es Feuer, an dem sie sich die Finger verbrannten, wenn sie den Preis hörten. »Halt,« dachte Schlupps, »hier blüht mein Weizen,« fuhr in ein Wirtshaus, stellte dort ein und sagte zum Wirt: »Könnt Ihr mir einen Jungen besorgen, der flink und anstellig ist, so schickt ihn her.« »Das will ich meinen,« gab der Wirt zur Antwort. »Nehmt meinen. Einen Pfiffigeren findet Ihr nicht. Hat schon manchem Kaufmann geholfen, die Schäflein scheeren.« »So schickt ihn herauf.« Der Junge kam und Schlupps unterwies ihn, was er zu sagen habe. Der Bub war gar schlau und zu Schelmenstreichen aufgelegt. Er ließ sich von seinem neuen Herrn das Gesicht schwärzen, daß er aussah wie einer aus dem Mohrenlande; dann machten sie aus rotem Stoff einen Turban, wie ihn die Türken tragen; Schlupps hing dem Burschen allerlei bunte Stoffe um, und so aufgeputzt setzte er ihn auf ein Pferd, hieß ihn auf dem Markt herumreiten und zu rufen: »Mein Herr, der Kaufmann Goldreich, ist weit aus der Türkei hergekommen. Er will gradwegs nach Spanien zu seines Kaisers Majestät und ihm seine Waren bringen. Dieweil er aber hier rastet, hat er sich entschlossen, ein klein Teil seiner Wunderdinge heut zu verkaufen; aber nur ein klein Teil, weil er weiter muß und nicht lange bleiben kann. Wer etwas von fremdländischen Waren versteht und anderes sucht als grobes Leinen und derbe Stoffe, der komme her und kaufe. Wer aber nichts davon versteht, der bleibe fort und schone seinen Beutel; denn für solche hat mein edler Herr nicht die weite Fahrt aus der Türkei unternommen und ist aus des Sultans Schloß mit Lebensgefahr entronnen. Durfte doch nie ein Christ das Land der Heiden betreten, und nur mit vieler Mühe ist es dem Herrn gelungen, sich Zutritt zu den Ungläubigen zu verschaffen. Gebt Platz!«

Dann stieß er in sein Horn und ritt weiter durch den ganzen Ort, hielt an allen Ecken, und die Kinder liefen hinter ihm drein; auch manch gesetzter Bürger horchte auf seine Rede und beschloß, des Fremden Sachen anzusehen. Die Frauen aber rotteten sich zusammen und kamen scharenweise vor das Gasthaus, wo der Fremde wohnte und wohin der Mohrenknabe jetzt zurückritt, vom Pferde stieg und demütig seinen Herrn begrüßte, der vor der Tür einen Tisch aufgestellt hatte.

Während der Junge die Stadt durchzog, hatte Schlupps die Zeit benutzt, um seinen Stoffen mit Hülfe von Pinsel und Farbe ein gar buntes Aussehen zu geben, und die Laken und Decken, die Hemden und Jacken erglänzten in allen Farben. Hier saß ein roter und blauer Fleck, dort ein gelber und grüner, und mit der Schere schnitt er absonderliche Muster in den Stoffen aus, daß Sonne und Mond hindurchsahen. Er selbst heftete auf sein Gewand allerlei Flickwerk, hing die Messingkette, die er der Grit im Schlafe abgenommen hatte, um, und den Gürtel, den er auch von ihr hatte mitgehen heißen, schlang er über die Schulter. Jetzt stand er neben dem Tisch und sah die Menge, die ihn neugierig musterte, ernst an, und Jeder, den sein Blick traf, meinte immer, dies Gesicht schon einmal gesehen zu haben, wußte aber nicht, wo.

Als der erste Käufer auf ihn zutrat, verneigte sich der fremde Krämer gar tief, kreuzte die Arme auf der Brust und murmelte etwas, was keiner verstand. »Das ist Türkisch,« sagte der Mohrenknabe. »Herr, redet deutsch,« wandte er sich dann an Schlupps, »dieweil Euch sonst keiner hier versteht, und sagt, was Ihr für Eure Ware verlangt.« Und der falsche Krämer hub an, seine Waren zu preisen und zu erzählen, wie des Sultans Frauen die kostbaren Gewänder getragen, wie er sie mit vieler Mühe ihnen heimlich abgekauft habe, und wie die tausend Gemahlinnen des türkischen Kaisers schön seien, eine schöner wie die andere. Aber nur, wenn sie diese Gewänder und Stoffe an sich hätten, die der Zauberer »Emalker« angefertigt habe. Sie hatten erst die Schätze nicht hergeben wollen und taten es nur, als er ihnen versprach, ihnen von einem anderen Hexenmeister schönere weben zu lassen. Da ließen sie sich erbitten.

Die Leute guckten staunend auf den Erzähler. Ein fürwitziger Bursche aber rief: »Ei, Herr Krämer, warum habt Ihr dann Eure Sachen nicht gleich von dem besseren Zauberer machen lassen?« Er suchte nach seiner kecken Rede zu entschlüpfen, weil die Umstehenden ihn gar nicht liebreich stießen und pufften. Sie fürchteten, der fremde Krämer möchte erzürnt sein und seine Ware einpacken.

»Recht habt Ihr, junger Bursche,« sagte der Kaufmann Goldreich. »Das hätte ich können, wenn der böse Zauberer nicht sich geweigert hätte, für Christenfrauen zu arbeiten. Dann wartete auch mein Schiff im Hafen, das des Kaisers Majestät für mich gesandt hatte. Und jetzt sagt an, liebe Bürger und edle Frauen, ob Ihr kaufen wollt, oder ob ich meine Gewänder wieder in die Truhen packen soll.« Dabei hielt er die Stoffe hoch, daß die Sonne darauf fiel und die Farben gleißten und glänzten, und alle drängten sich herzu und wollten von den seltenen Tüchern kaufen. »Denn,« sagten sie, »was so weit her ist, muß etwas Besonderes sein,« und »Selbstgewebtes haben wir in den Truhen genug.« Schließlich kam der gestrenge Herr Bürgermeister an und wollte die goldene Kette kaufen und den Gürtel, den der Krämer auf der Schulter trug. Aber da jammerte Schlupps gar kläglich, daß ihm der Kaiser von Spanien arg zürnen werde, wenn er den Schatz, der für seine hohe Gemahlin bestimmt sei, verkaufe, und konnte sich erst auf vieles Bitten und Drängen dazu verstehen, den Schmuck für hundert Taler herzugeben.

»Es ist zu billig. Es ist zu billig!« beteuerte er immer wieder. »Wenn Ihr's nicht wäret, hochedler Herr, wahrhaftig! Nichts in der Welt hätte mich verführen können. Aber so geht's, wenn man mit vornehmen Herren Handel treibt.«

Und der Bürgermeister zog mit seinen Ketten stolz ab; seine Frau aber sah um sich, als wäre sie die Kaiserin von Spanien.

Ehe Schlupps sich's versah, waren seine Waren ausverkauft und seine Truhe leer; seine Beutel aber konnten kaum das viele Geld fassen. »Morgen gibt es mehr, Ihr Leute,« rief er, als immer neue Käufer andrängten. »Habt Geduld. Ja, alle Tage kommt nicht einer aus der Türkei, gradenwegs aus des Sultans Schloß,« und er kreuzte wieder die Arme über der Brust, verneigte sich tief und schritt, von dem Mohrenknaben gefolgt, langsam und nachdenklich in das Wirtshaus.

Die andern Kaufleute wußten nicht, wie ihnen geschah. Die Waren, die man ihnen wies, waren gewöhnliches Bauernleinen, bunt bemalt und grob genäht, und wenn sie auch zehnmal beteuerten, daß ihr Leinen feiner, ihr Tuch weicher sei, so glaubte es keiner; denn niemand wollte dafür gelten, daß er das, was aus fremden Landen stamme, nicht verstehe. »Das ist nur Neid von den Krämern, weil sie keine ausländischen Waren haben,« schrieen die Käufer. Die Krämer gaben Antwort, und bald hallte der Markt von Lärm und Geschrei. Man prügelte aufeinander los, man zerrte und riß sich, und manchen Händler ereilte jetzt die Strafe für falsches Gewicht und ungerechtes Maß, und noch tönte von den Gassen das Zetern, als Schlupps durch eine Hinterpforte das Gasthaus verließ. Dem Wirt und seinem Jungen hatte er ein Teil von seinem Gewinn geschenkt, so daß sie zufrieden waren und reinen Mund zu halten versprachen. Als am andern Morgen die Leute herbeiströmten und auf den Krämer warteten, trat der Wirt händeringend aus dem Haus und rief: »Wo ist der Galgenstrick! Wo ist der Zauberer, der mit der Zeche verschwunden ist. Wo seine Rößlein im Stall gestanden haben, liegen ausgeglühte Kohlen, in seinem Bett fand ich einen Besen. Keiner sah ihn gehen, noch hörte man den Wagen rollen. Weh mir armen, geschlagenen Mann! Alles war eitel Trug und Blendwerk, und Wagen und Pferde sind nimmer richtig gewesen!«

Da liefen die Leute entsetzt nach Haus, sahen die Einkäufe an und erkannten mit Schrecken, daß alles, was in der Sonne geglänzt und gegleißt hatte, nichts nutz war und nicht einmal so gut, wie das selbstgewebte Bauerntuch, das sie auf dem Markt sonst kauften. Der Bürgermeister lief voll Angst zu einem Goldschmied und ließ seine Kette prüfen. Der erklärte sie für eitel Messing und die Steine für Glas, grad gut genug für Mummerei und Fastenscherz. Jetzt schämten sich alle, die erst das große Wort geführt hatten und mancher, der einem Krämer mit böser Rede und hartem Schlag weh getan hatte, ging hin, entschuldigte sich und bat, wieder »gut Freund« zu sein. Auf die fremdländischen Händler aber war man lange Zeit nicht gut zu sprechen und wies jeden, der kam, des Ortes hinaus.

Mutterleid

Schlupps zog weiter, die Straße entlang, die durch den Wald führte, dann am Flußufer hin und freute sich, wie die Sonne so hell aus dem Wasser flimmerte, wie die Vöglein sangen und wie die Blumen lieblich dufteten, brach sich einen Zweig ab und wehrte damit die Fliegen, die seine Rößlein umschwirrten. Dazwischen aber fühlte er seine Geldsäckel an, die er neben sich gelegt hatte und die gar schwer und steif waren.

»Man muß das Gras mähen, wenn es reif ist,« dachte er, »Wäre ich's nicht gewesen, so wäre ein anderer gekommen, und die Krämer hierzulande können mir Dank sagen, daß ich ihnen die fremdländischen vom Halse geschafft habe.« An einem Wirtshause hielt er Mittagsrast, ließ sich ein gutes Essen geben und fuhr dann weiter. Unterwegs sah er eine Frau auf der Landstraße gehen, die ein Kind auf dem Arme trug und nur langsam vom Fleck kam. »Steigt auf, gute Frau,« rief er. »Seid gewiß rechtschaffen müde.« Sie nickte dankbar, ließ sich nicht lange bitten und reichte ihm das Kind zu, damit sie leichter aufsteigen konnte. Es war ein herziges Büblein von vier Jahren mit blauen Augen, blonden Löckchen und einem weißen Gesichtchen.

»Seit des Morgens vier Uhr sind wir zu Wege,« erzählte die junge Mutter. »Bin mit dem Kinde in der Stadt gewesen bei einem Doktor. Das war ein gar gelehrter Herr, alles stand bei ihm voll von Geräten und Pfannen und Tiegeln. Er besah den Kleinen von allen Seiten und sprach fremde Worte, die ich nicht verstand. Dann gab er mir ein Fläschchen mit Arznei, die war gar teuer, und verordnete, ich solle jede Woche kommen und solch eine Flasche holen, und je mehr ich holte, desto besser wäre es für das Kind. Auf Speise und Trank soll ich es nicht ansehen und dem Kinde alles vom Besten und Feinsten geben und kein Hafermus, sondern nur Brei von weißem Weizenmehl. Milch aber soll es trinken den ganzen Tag, soviel es nur zu trinken vermag. Solch ein Doktor hat gut reden. Mein Mann ist ein armer Waldheger. Zu einer Kuh langt das Geld nicht, und Ziegenmilch kann das Büblein nicht vertragen. Ich möchte mir schier das Herz aus der Brust reißen für ihn und kann ihm doch nicht helfen.«

Dabei drückte sie das Kind an sich und sah ihm liebreich in die Augen. Schlupps antwortete nicht viel, weil er nicht sprechen konnte. Es saß ihm etwas in der Kehle, was ihn drückte und würgte, und er mußte an sein lieb Mütterlein denken, das ihn immer geherzt und geküßt hatte und schon so lange unter dem grünen Rasen lag. Seitdem hatte kein Mensch mehr ein lieb Wort zu ihm gesprochen, und wenn er es auch gewiß nicht wahr haben wollte, so hätte er doch gern alle seine Schätze um ein gut Mutterwort gegeben. »Macht Euch keinen Kummer weiter, liebe Frau,« sagte er endlich, »unverhofft kommt oft; wer weiß, was Eurem Kinde noch Gutes widerfährt.«

Da richtete die Frau ihren Kopf hoch und sah ihn getröstet an; denn einer Mutter klingt es wie Himmelswort, wenn man ihr etwas Gutes von ihrem Kinde sagt, und der Gedanke an eine Freude, die ihm begegnen könne, tut der Seele einer Mutter so wohl wie ein Gebet.

»Wie weit habt Ihr's noch?« fragte Schlupps. »Noch reichlich zwei Stunden,« gab sie zurück, »gerade das Tal entlang, in dem Walde, den Ihr in der Ferne seht, steht mein Haus.« »Das trifft sich gut,« meinte er, »das ist mein Weg, und so kann ich Euch bis dahin fahren.« Die Rößlein liefen tapfer zu; denn ihr Herr hatte an ihnen nie den Hafersack gespart. Der Bursche ließ sich von der Frau erzählen, wie sie und ihr Mann lebten und erkannte immer mehr, daß sie ein braves, schlichtes Gemüt war, von den Menschen nur Liebes und Gutes dachte und sich von Keinem etwas Böses vermeinte. »Du sollst in deinem Glauben nicht zu schanden werden,« dachte er.

Endlich, die Sonne ging schon nach Westen zu, langten sie an dem Häuschen an. Schlupps sprang herunter, nahm der Frau das Kind ab, das eingeschlafen war, und trug es in's Haus. Sie konnte nicht genug Worte des Dankes finden und bat ihn dringlich, bei ihr Rast zu halten und ihrem Heim nicht die Ruhe zu rauben, holte Brot und Ziegenkäse herbei und bat ihn, fürlieb zu nehmen.

»Wüßt' ich nur, wie ich Eure Guttat vergelten kann,« überlegte sie. »Wart', ich hab's. Geduldet Euch eine Weile; ich bin bald zurück.«

Als sie fort war, untersuchte Schlupps das Zimmer, in dem alles vom Einfachsten war. Tische und Bänke waren aus sauber gescheuertem Tannenholz, die bunte Truhe barg für jeden der Eheleute ein Gewand und auf dem Sims über der Ofenbank lag in ein sauberes Tuch geschlagen die Bibel. Die nahm der Bursche rasch herunter, schlug sie auf, blätterte darin und legte zwischen die Seiten je ein Goldstück, so daß jetzt das heilige Buch nicht nur mit goldener Rede, sondern auch mit goldener Münze gespickt war. Dann legte er das Buch wieder an seinen Platz und setzte sich an den Tisch. »Hier nehmt,« sagte die Frau noch außer Atem, »bin ein bischen rasch die Kellertreppe hinuntergesprungen. Hab mich besonnen, daß unten ein Fläschchen alten Weines liegt, den der Herr Graf meinem Manne geschenkt hat, als er krank war. Ich bitt' Euch, erweist mir die Gefälligkeit und nehmt's. Wir sind so etwas doch nicht zu trinken gewohnt. Es ist mir nur arg, daß ich denk, Ihr müßt so heimatlos umher ziehen und habt nicht Weib und Kind und keine Mutter, wie Ihr mir sagtet. Nehmt's mit, und wenn Ihr draus trinkt, vergeßt nicht mein Kind und mich. Sagt mir auch Euren Namen, daß ich Euch in mein Gebet einschließen kann.«

Dem Gesellen war es ungewohnt, seinen richtigen Namen zu nennen und er sagte langsam: »Heinz Kurzweil.« Dann nahm er das Fläschchen, das eine absonderliche Form hatte, platt und breit war, so daß er es in eine Tasche seines Kittels stecken konnte.

»Ich danke Euch,« sagte er und reichte ihr die Hand. »Bleibt gesund beieinand, und wenn einmal ein armer Handwerksbursch oder sonst ein Heimatloser bei Euch anklopft, dann seid gut zu ihm.«

»Das will ich wohl,« beteuerte sie, »und jetzt hab ich noch eine Bitte an Euch, Heinz. Laßt mich Euch segnen, wie Euch Eure Mutter gesegnet hätte.« Da kniete der Bursche nieder, und die junge Frau legte ihm die Hände auf das Haupt, sprach ein Vaterunser und fügte eine Bitte um sein Wohlergehen hinzu, und Heinz war es, als sei er wieder ein klein Kind, das daheim im Bettchen läge, von Mutterliebe betreut. Denn allen Mutterhänden ist ein Zauber eigen, und wenn sie einem Menschen die Stirn berühren, sieht er die Kindheit wieder auferstehen, wo er auch immer sei.

»Lest nur fleißig in der Bibel,« sagte der Bursche beim Abschied. »Denn Gottes Wort ist eitel Gold,« bestieg seinen Wagen und fuhr weiter, die Landstraße hinab in die ferne Welt.

Unter der Linde

Die Dunkelheit brach herein und er beschloß, nach Nachtlager auszuspähen; da hörte er helle Töne, fuhr zu und kam in ein Dorf. Unter der großen Linde geigten drei Fiedler; Burschen und Mädchen schwenkten sich im Tanz und stießen helle Jauchzer aus. Schlupps war nicht froh zu Sinn, sein Herz stand ihm nicht nach Lustigkeit, und er bog seitab, um seine Rößlein am Bache zu tränken. Da sah er auf einem Weidenstumpf zwei Menschen zusammengekauert hocken, einen silberhaarigen Greis und ein Weiblein. Sie hielten die Hände um die Knie geschlungen, und aus den trüben Augen tropften schwere Tränen langsam über die Wangen herab. Erstaunt trat Schlupps näher; denn wenn ihm etwas arg schien, so war es der Anblick von Kummer und Sorge, und die beiden Huzzelchen sahen so kläglich aus, daß es ihm in die Seele schnitt.

»Was fehlt Euch, Großvater?« fragte er und legte dem Alten die Hand auf die Schulter. Der schüttelte traurig das Haupt, ohne zu antworten; das Weiblein aber heftete den Blick auf den Frager und wies dann stumm hinüber nach der Linde, von wo das Jauchzen erscholl. Jetzt stand Schlupps ratlos und wußte nicht, was er aus der Antwort machen sollte. Er nahm sich aber zusammen, um seine Verlegenheit nicht merken zu lassen und meinte: »Weiß schon, was Euch fehlt; denn ich bin ein vielgereister Mann, der als Arzt gar berühmt ist und manchem geholfen hat, der schon meinte, es wäre Matthäi am letzten. Fasset Vertrauen und beichtet mir, was Euch härmt.«

»Uns ist nicht zu helfen,« schluchzte das Weiblein. »Könnt Ihr uns unser Leben wiedergeben?«

Da verwunderte sich Schlupps noch mehr; denn eine solche Klage hatte er noch nie vernommen. »Wollt Ihr Geld und Gut?« forschte er. »Nein, nein,« wehrte der Alte, »die können uns nichts nützen, uns steht der Sinn nicht nach Geldeswert. Nein, Herr. Damit Ihr aber nicht denkt, wir wären absonderliche Leute und das Alter hätte uns den Verstand verwirrt, so laßt Euch berichten, was uns fehlt, und wenn Ihr auch ein großer Doktor seid und manch Gebrechen heilen könnt, uns vermögt Ihr nicht zu helfen. Seht,« fuhr der Alte fort, »mein Weib, die Mariann, und ich waren arme Waislein und von der Gemeinde aufgezogen. Das ist ein hartes Brot, Herr, wenn man jede Woche auf einem andern Hof herumgestoßen wird, jedem im Weg und keinem zur Freud, und wenn die andern Kinder zu Vater und Mutter liefen, dann standen wir abseits, wünschten uns wohl auf den Gottesacker und neideten den Toten ihre Ruh. Keiner dachte an uns. Unser bischen Essen gab man uns manchmal gutwillig, manchmal mit scheelem Blick, und wie wir etwas herangewachsen, da mußten wir unser täglich Leben schwer verdienen. Die Mariann als Gänsehirtin, ich als Hirt, und uns beiden durfte der Strickstrumpf nicht in der Hand ruhen. Aber wir fanden doch Gelegenheit, zu einander zu laufen und versprachen uns, daß wir einmal einander angehören wollten und uns immer Lieb und Treue erweisen. Ich wurde dann Knecht und sie Magd. Ihr wißt, wie lange es währt, bis zwei solche soviel haben, daß sie ein Häuschen anschaffen können und ein Äckerlein pachten. Wir sparten und sparten. Wenn die andern zum Tanz gingen, schritten wir selband abseits, weil uns der Kreuzer für den Fiedler und das Schöppchen Sauren reute. So kam es, daß wir beide schon graue Strähnen hatten, als es zur Heirat langte und wir hier am Ende des Dorfes ein Häuslein erwerben konnten.« Er atmete tief auf, nickte der Alten zu und fuhr dann fort: »Dann kam Kind auf Kind. Die Mariann und ich schafften im Tagelohn noch nebenher, damit all die hungrigen Mäuler satt wurden und die junge Brut mit Schuh und Gewand sauber angetan Sonntag in die Kirche konnte. Als aber die Kinder so weit waren, da zogen sie in die Welt hinaus. Es duldete sie nimmer im Vaterhaus. Ging da gar eng her. Die Mädels taten sich als Mägde in die Stadt, die Jungen sind landein gewandert, und wir sitzen allein. Und wie wir das Lachen und Jauchzen hier hörten, da kam es uns in den Sinn, wie wir immer unser ganzes Leben abseits von aller Freude gestanden sind, wie heute bei der Linde, und daß wir ein Leben voll Müh und Arbeit, aber nie Freude und Lust gehabt haben. Und wißt, Herr,« setzte er hinzu, »in jedem Menschen ist eine Sehnsucht nach Freude, und wie die

Tierlein froh sind, wenn die liebe Sonne scheint und nach ihr hinverlangen, so zieht es des Menschen Herz dazu, eine Freude zu haben. Sonst ist sein Sinn schwer und unfroh, und er weiß nicht, ob er lebt oder tot ist, und es liegt ihm die Kirchhofsrede schon bei Lebzeiten auf der Brust. Das ist uns heute zu Sinn gekommen, und nun lacht über die beiden närrischen Leute, die dem Leben nachlaufen wollen.«

»Gott verhüte, daß ich da lachen wollte,« rief Schlupps. »Tät mich der Sünde fürchten. Aber froh bin ich, daß ich Euch getroffen habe und meine Kunst an Euch zeigen kann. Denn wißt: gebrochene Arme und Beine kurieren, das kann jeder, und ist keine besondere Kunst dabei. Aber wenn die Seele krank ist, da helfen, das ist erst das Rechte, Doktor Kurzweil ist nicht umsonst überall berühmt. Kaiser und Könige haben mich schon oft gebeten, ihnen zu helfen; denn die leiden an der Seele genau so wie andere Menschenkinder und oft noch mehr.«

»Aber wir sind arm,« fiel das Weiblein ängstlich ein und dachte an die wenigen Silbermünzen, die es daheim im Strumpfe hatte. »Nicht um Geld darf ich Euch helfen, sonst ist es um meine Kunst geschehen,« sagte der Wunderdoktor. »Nur um Gotteswillen und um himmlischen Lohn. Setzt Euch her und schaut hinüber wie die Sonne noch einmal hinter den Wolken vorschaut, und wie die Wiese daliegt, als wäre sie rot wie die Wangen eines Mägdleins, und die Bäume heben die Zweige wie junge Burschen das Haupt, wenn sie zu ihrer Liebsten gehen. Hier aber,« und er nahm das Fläschchen heraus, »das soll Euch Eure Wünsche erfüllen. Ist kein gefährlicher Zauber dabei und kein Unrecht. Es ist ein Trank von Sonnenglut gereift und von Gott gesegnet. Trinkt jeder einen herzhaften Schluck und sagt: ›Gott helf!‹«

Er machte ein so treu Gesicht, daß das alte Weiblein Mut faßte und trank, und da es des Weines ungewohnt war, rannen ihm die Tropfen wie Feuer durch den Leib und das Blut stieg ihm zu den Wangen. »Ei Mariann,« scherzte ihr Gespons, »du glühst ja wie ein jung Mägdlein,« nahm ihr die Flasche aus der Hand, tat einen kräftigen Zug und auch ihm war es, als ob ein neu Leben in ihm blühe.

Er faßte ihre Hand, und so standen sie aufgerichtet da und schauten in die Sonne, deren rote Glut über sie hinflackerte und die alten Augen mit hellem Licht erfüllte, daß sie leuchteten. »Trinkt noch einmal,« mahnte der Doktor. Da begannen sie herzhaft zuzugreifen, und wie jetzt die Töne von der Linde herüberschallten, hob der Alte erst ein Bein und dann das andere, faßte die Liebste an der Hand, und das Pärchen begann sich zu drehen und zu schwenken. Dann neigten sie sich über den Bach, der ihre Gesichter im matten Abendschein widerspiegelte, und der Alte sprach: »Ei, Mariann, wie bist du jung und schön. Deine lieben Augen glänzen noch wie damals, da du als junge Dirn am Hoftor auf mich gewartet.« Und sie nickte und sagte: »Bist doch ein stattlicher Bursch, und wenn die Mägdlein wüßten, was für ein Schöner mein Liebster ist, kämen sie und neideten dich mir.«

Dann faßten sie einander wieder an, neigten und drehten sich und lachten mit dem ganzen Gesicht. Und Heinz Kurzweil stand abseits und sah zu, wie der Mond langsam heraufstieg und die beiden Alten mit weißem Licht beschien. Nach einer Weile nahm er das Paar bei der Hand; denn es hatte zu tanzen aufgehört und lauschte, einander umschlungen haltend, auf die Weisen, die fernher leise ertönten. Er leitete die beiden Treuen in ihre Hütte und sprach. »So oft bei Vollmond unter der Linde Musik erklingt, geht hinaus an die Stelle, wo ich Euch getroffen und achtet darauf, daß Euch kein menschlich Auge gewahre: Trinkt aus dem Fläschchen und der Zauber wird wieder mächtig. Ist aber der Trank zu Ende, dann bescheidet Euch und denkt, daß es Gottes Wille war.« Damit wandte er sich ab und fuhr hinaus in die Nacht.

Schulmeister Neunmalgescheit

So zog Schlupps durch die Lande, beobachtete die Menschen und bekam es manchmal überdrüssig, ihr Treiben anzuschauen. Sah er sie doch allerorten die gleichen Torheiten vollführen, und mehr als einmal konnte er der Versuchung nicht widerstehen, sie seine Launen und seinen Spott fühlen zu lassen. Nur der Müßiggang wurde ihm allmählich verleidet. Er hätte gern ein rechtschaffen Gewerbe angefangen und konnte sich doch nicht dazu entschließen; denn das Schreinerhandwerk war ihm zuwider und etwas anderes, das ihm Freude machte, wußte er nicht.

Eines Tages kam er in einen Flecken, in dem die Häuser gar sauber aussahen, die Gassen ordentlich gehalten waren. Man mußte nicht fürchten, daß einem die Gäule die Beine in den Löchern brachen und daß der Schlamm bis in den Wagen hineinspritzte. An den Fenstern standen in Scherben Nelkenstöcke oder Blaublümlein, und hinter den blinkenden Scheiben lugten fröhliche Mädchengesichter hervor. »Hier ist gut sein,« dachte Schlupps. »Hier liegt die Freude auf der Gasse und scheinen gar gute Leute im Ort.« Da hörte er aus einem Hause Weinen und Wehklagen, stieg vom Wagen ab, band sein Rößlein an einen Baum und schlich sich näher, um durch die Fenster zu spähen, was es denn Trauriges gäbe. Wie er so hinblickte, sah er eine Menge Kinder, große und kleine, auf Bänken sitzen und merkte, daß er vor dem Schulhause stand und die Kleinen vom Schulmeister unterwiesen wurden. Der war ein langer, hagerer Mann, mit einem Gesicht wie ein Raubvogel, die Nase stand ihm wie ein gekrümmter Schnabel heraus. Er trug ein blaues Wams mit goldenen Knöpfen, auf dem Kopfe hatte er ein klein Käppchen, unter dem eine mächtige Perücke hervorsah, in der Hand aber eine lange Gerte, mit der schmitzte er über die Bänke herüber.

Aber eins wollte Schlupps nicht recht in den Sinn und erschien ihm sonderbar. An der Seite zum Fenster zu, wo das Licht hineinfiel, saßen Kinder, Knaben und Mädchen, denen man ansah, daß sie guter Leute Kind waren und daheim alles voll und viel hatten, denn die Jöppelchen waren von echtem Tuch, und die Mädchen trugen Schürzen und Jäckchen gar nett und zierlich; einige hatten Häubchen auf dem Kopfe, die mit Gold verputzt waren, wie man sie zum Kirchgang anlegt. An der Wand entlang auf den Bänken aber saßen Buben und Dirnchen, die wohl sauber, doch ärmlich angezogen waren, mit Holzschuhen an den Füßen. Die Spenzer und Röckchen hatten Flicken in allen Farben, auch waren die Schürzen von grobem Stoff und arg verwaschen, und der erfahrene Mann sah bald, daß hier die armen Häusler- und Taglöhner-Kinder saßen. Wenn eines von ihnen sich bewegte, fielen die Holzschuhe von den Füßen und klapperten auf dem Boden, denn es war Sommer und da sparte man gern die Strümpfe, die noch den langen Winter halten müssen.

»Den Schulmeister muß ich mir einmal in der Nähe betrachten,« dachte der Neugierige, fuhr in das Gasthaus, gab Pferde und Wagen dort ab und ging in den Kramladen, wo man allerlei einkaufen konnte.

»Gute Frau,« sagte er zu der Alten, die ihn frug, was er begehre. »Habt Ihr eine große Hornbrille, dieweil meine auf der Fahrt zerbrochen ist?« – »Mein', daß ich eine hab! Ein Fremder, der mich nicht bezahlen konnte, hat sie mir als Pfand dagelassen. Er ist aber nimmer wiederkommen, also daß ich sie wohl verkaufen kann.«

Damit fing sie an, nach der Brille zu suchen, die sie irgend wo gut versteckt hatte, und nachdem sie alle ihre Ware durchwühlt, und Brot, Käse, Tücher, Schnupftabak, Zunder, Strümpfe und Gewürz herausgenommen und wieder in die Gefache gelegt hatte, fand sie endlich die Brille. Die war gar groß und bedeckte dem Käufer die halbe Stirn und die halbe Wange.

»Was bin ich dafür schuldig?« fragte Schlupps. »Zahlt mir die Zeche, die der andere schuldig geblieben ist. Es waren zwei Kreuzer und drei Heller.« Deß war er zufrieden, strich sich die Haare nach beiden Seiten der Stirn glatt, ließ sich von der Frau ein Stück Kreide geben und fuhr damit über die Scheitel, also daß diese weiß aussahen und die schwarze Farbe nur wenig durchschimmerte; dann setzte er die Brille auf und hatte jetzt das Aussehen wie ein hochgelehrter Herr.

»Ist eine Schule am Ort?« fragte er die Frau, die hin und her gegangen war, in der Küche die Suppe verrührte, die Katze vom Milchtopf jagte und auf das Gebahren des Fremden wenig acht gab; denn sie war schon alt und kümmerte sich nicht mehr viel um andrer Leute Tun. »Will's meinen,« sagte sie. »Ist der Schulmeister schon lange im Dorf?« »Ach nein, Herr, der ist erst kurze Zeit da, und ist leider nicht so wie unser alter, der vor einem Jahr gestorben ist. So einer kommt nicht wieder.« »Erzählt mir von ihm,« bat der Fremde, denn er merkte, daß er jetzt das gefunden hatte, wovon zu erzählen ihr Herz erfreute.

Auf all seinen Fahrten hatte er eines wahrgenommen: daß auch der Verschlossenste redselig wird, wenn er von dem sprechen kann, was ihm im tiefsten Herzen sitzt. Und weil Schlupps die Gabe besaß, an jedem das herauszufinden, was ihm das Beste dünkte, so wußte er jedermanns Vertrauen zu gewinnen und lernte den Menschen in die Seele schauen. Nun sagte er: »Liebe Frau, ich habe von Eurem Schulmeister gehört; aber von Euch, die Ihr ihn gut gekannt habt, möchte ich noch mehr wissen.«

»Ja, wie soll ich Euch den beschreiben?« besann sich das Weiblein. »Fünfzig Jahre hat er seines Amtes gewaltet. Wie er kam, lag das Dorf im Argen. Der vor ihm war, hatte kaum vermocht, die wilden Buben zu zügeln und die Mädchen zur Ordnung anzuhalten. Aber der konnte es, keiner wußte wie. Bei dem vorigen ruhte der Bakel nimmer, und es regneten nur so die Strafen. Oft kam es, daß eine ganze Reihe Kinder vor der Kirche hinknien mußten, zur Schande der Eltern; denn das war damals der Brauch so, Herr. Jetzt hörte das mit einem Male auf. Wie er eigentlich hieß, wußte keiner. ›Nennt mich Herzfroh,‹ sagte er, wenn man seinen Namen wissen wollte. Ich glaube, er war weit her und ohne Anverwandte.

Manche sagten, er sei ein Grafensohn, und von Hause verstoßen, andere, er habe nicht wollen Mönch werden und sei daheim entwichen – niemand wußte etwas Genaues. Aber die Kinder hatten ihn bald lieb, und wenn sie sonst mit Heulen und Zähneklappern in die Schule gingen, so war es jetzt für sie eine Lust und Freude. Selbst die Kleinsten quälten die Eltern, sie sollten sie zu dem guten Schulmeister schicken.

War ein besonders böser Bub unter der Schar und drohte dem der Vater, er wolle seine Rute an ihm zerschlagen, dann holte ihn der Herzfroh in sein Haus, behielt ihn da einige Zeit bei sich, und kehrte der Junge heim, dann erkannte keiner den Unwilligen von vordem wieder.« »Hatte er denn Weib und Kind?« fragte Schlupps. »Ach nein,« entgegnete sie. »Das war es auch, daß manche meinten, seine Lieben seien ihm gestorben, und er habe sich deshalb hierher geflüchtet, wo ihn keiner kannte, und es mag wohl etwas derart gewesen sein, denn er nahm sich besonders der Waisen an, und die hatten an ihm Vater und Mutter.

Eine Magd führte ihm Haus. Gegen jeden war er freundlich. Den Frauen schenkte er Setzlinge für ihre Blumenstöcke, die Männer unterwies er, wie sie ihre Obstbäume pflegen sollten, und als die Eltern sahen, wie sauber und ordentlich ihre Kinder wurden, wie sie auf sich hielten, da wollten sie hinter den Kindern nicht zurückstehen, und so kam Zucht und Ordnung in unser Dorf. Wie dann die Kleinen, die er großgezogen, heranwuchsen und selbst Kinder hatten, da war es schon leichter mit dem Schulehalten. Und wenn der Schulmeister in ein Haus trat, da war es jedem, als käme sein leiblicher Vater zu ihm. Dabei tat er den Leuten nichts besonderes, nahm von keinem etwas an, schenkte aber den Armen, was er entbehren konnte. Für ihn gab es keine größere Freude, als wenn ein Bauer sagte: ›Schulmeister, ich hab ein Schwein geschlachtet und den Armen ein Teil Würste gegeben um Euretwillen.‹ Dann strich er am Sonntag Nachmittag unter der Linde die Fiedel, und die Buben und Mädel sangen dazu. Denn das wollte er haben.

Singen mußte alles und froh sein. ›Fröhlich lachen schafft halbe Arbeit,‹ meinte er. Nun ist er tot, und jedem fehlt er. Die Kleinsten sind gar am übelsten dran.«

»Warum denn die?« fragte Schlupps, der aufmerksam zugehört hatte. »Seht,« sagte sie flüsternd, »da ist jetzt ein Neuer, der ist gar herb und grandig und ganz anders, wie Herzfroh war. Die Reichen setzt er gesondert von den Armen. Nie hört man bei ihm in der Schule lachen, und wenn die Kleinen ihn kommen sehen, springen sie von der Gasse fort und verstecken sich hinter der Haustür. Wenn der Herzfroh einmal gescholten hat, dann geschah es aus lauter Liebe und Güte und tat wohl. Wenn der aber nur vorbeigeht an einem Haus, wird die Milch im Keller sauer von dem Gewitter, das in seinem Gesicht steht. Und Ihr sollt sehen, Herr, unser Dorf bleibt nimmer wie es ist. Wo die Kinder unfroh sind, kann nichts gedeihen und entsteht bald Zank und Unfrieden. Ist mir nur um meine armen Kindeskinder leid, das Lenerl und der Hansi, die gar so lustige Gemüter haben und jetzt sich nimmer zu lachen getrauen. Aber da klag ich dem Herrn meine Kümmernisse und gehen ihn doch nichts an. Er meint gewiß, ich wäre ein schwatzhaft Weib.«

»Nicht so, liebe Frau,« sagte Schlupps. »Wißt, ich bin ein berühmter Gelehrter und weiß von Kindererziehung gar viel. Ich war in mancherlei Landen, hab aber immer gefunden, daß Lachen dem Menschen gedeiht und eine Gottesgabe ist wie das liebe Brot. Wer den Kindern das Frohsein verkümmert und läßt sie in Mißmut aufwachsen, dem gebührt, daß er in der tiefsten Hölle sitzt und nimmer herauskommt. Gehabt Euch wohl, gute Frau!«

Damit ging er fort und stracks auf das Schulhaus zu, klopfte an und trat ein. »Verzeiht, Herr Kollege,« sagte er. »Ich komme von weit her. Mein Name ist Neunmalgescheit, bin Professor in Padua und will in Deutschland die Schulmeisterei aus dem Grunde studieren. Da hat man mich zu Euch gewiesen und mir gesagt, daß Ihr, der Schulmeister Säuerling, einer von denen seid, die es am besten verstünden. So erlaubt, daß ich zuhöre, wie Ihr es macht und laßt Euch durch mich nicht stören.«

Der Schulmeister verneigte sich bei dieser Anrede unaufhörlich und wußte nicht, wie ihm geschah; denn er war heute gar nicht zum besten aufgelegt, weil er seinen grünen Tag hatte.

So nannten es die Kinder, wenn sie in die Schule kamen und sahen, wie er mit zusammengekniffenen Lippen grün und gelb im Gesicht in dem Schulzimmer hin- und herlief und jedem Kinde, das hereintrat, einen Hieb mit der Gerte austeilte. An solchen Tagen mußten sie still sitzen, ihre Tafeln vollkritzeln und durften den ganzen Tag kein Wort sprechen. Er sprach auch nicht und rannte nur immer auf ein- und derselben Planke am Boden auf und nieder; trat nicht rechts und nicht links und warf zornige Blicke auf die Kleinen.

Hatte er aber seinen roten Tag, dann stand er schon vor dem Schultor, die Kinder zu erwarten, hochrot im Gesicht und dann schrie und wetterte er auf die Kleinen ein, daß ihnen Hören und Sehen verging und sie vor Angst nicht antworten konnten. Er nahm sich auch nicht die Zeit, sie zu unterweisen, sondern schrie und tobte nur immer ärger. So kam es, daß keines etwas lernte, weder die Dummen noch die Gescheiten, und alle unwissend geblieben wären, hätten sich nicht manche Eltern erbarmt und die Kinder im Lesen und Schreiben angelernt, und diese zeigten es wieder den andern.

Der Schultheiß hatte schon einmal mit dem Pfarrer Rücksprache gehalten, daß ein anderer Lehrer ins Dorf sollte. Der Geistliche aber war mit der Zucht des Lehrers sehr einverstanden. Ihn freute es, wenn die Kinder in der Kirche still, mit gesenktem Kopfe dasaßen und nicht wagten, die Augen aufzuschlagen. Er wußte nicht, daß die Furcht vor dem Schulmeister sie so brav machte; denn Säuerling stand in der Nähe der Kinderbänke und drohte jedem, der sich rührte, mit Schlägen.

Bei dem Grafen aber durfte man sich gar nicht beklagen; denn der hatte dem Schulmeister die Stelle verliehen und ließ sich in seine Sachen nicht dreinreden. »Für die Dorfkinder ist der gut genug,« sagte er auf alle Vorstellungen und Bitten; denn er war froh, ihn los zu sein. Ein Vetter hatte ihm den Mann zugeschickt und ihn gebeten, ihm zu einem Auskommen zu verhelfen; und so hatte der Herr Graf es versucht, ihn als Schulmeister für seine eigenen Kinder zu nehmen. Aber die konnten sich in die Art des Mannes nicht finden. Sie waren gewohnt, ungebunden und frei zu sein, und so kam Säuerling an die Stelle von Herzfroh. Schlupps gab acht auf den Unterricht, wie es der Lehrer mit den Kindern machte. Er lief hin und her, warf eine Frage auf, gab dann eines nicht Antwort, so frug er das zweite und so fort. Er erklärte nichts, und es schien ihm ganz gleich, ob sie das Gefragte verstanden oder nicht.

Dann hieß er die Kinder aufstehen und führte sie in den Hof hinab. Da hatte er platt auf den Boden Fäden gespannt, auf denen mußten die Kinder einzeln entlang gehen, eines hinter dem andern. »Seht, Herr,« sagte er, »das ist die Hauptsache im Unterricht, daß jedes lernt, nur nach der Schnur laufen, nicht abbiegen, noch rechts und links, und immer die Augen auf mich gerichtet halten.«

Trat aber eines der armen Würmchen mit einem Fuß über die Schnur, dann wetterte der Lehrer und schlug auf es ein. »Wenn es nach mir ginge, wären im ganzen Orte solche Schnüre gezogen,« meinte Säuerling zu seinem Gaste, »und jeder sollte lernen, darauf gehen, daß es eine Lust wäre. Seht unser Dorf an,« fuhr er fort, »wie es ausschaut. Der eine hat sein Haus rot gemalt, der andere blau; die eine Dirne hat Nelken am Fenster und die andere Blauveiglein. Sieht der Ort nicht aus wie ein Hänfling?« »Wie meint Ihr, daß Euer Dorf aussehen müsse?« fragte der Professor Neunmalgescheit ernsthaft.

»Weiß wie der Tag und schwarz wie die Nacht. Die Häuser schwarz wie die Erde; denn die ist ein Jammertal, und die Fenster weiß vom Sonnenlicht; denn das soll hineinscheinen und die Menschen in all ihrer Schlechtigkeit beleuchten, daß sie sehen, wie erbärmlich sie sind. Und ich setze es auch noch durch. Unter meinem Vorgänger ist gar viel Unfug eingerissen, das muß ich umwandeln.«

»War gewiß ein jung Blut?« meinte Schlupps entschuldigend.

»Nein, das ist es gerade,« eiferte sich Säuerling. »Alt war er schon und hielt doch noch die Leute zum Singen an und zur Kurzweil. Als ob der Mensch dazu auf der Welt wäre. Ich werde ihnen aber schon die rechte Art beibringen, und wenn sie sich auch widersetzen. Kann ich bei den Großen nichts erreichen, so sollen die Kleinen anders werden. Wie ich es für Recht halte, muß es in der Welt zugehen. Alles schön geordnet. Die Reichen für sich und die Armen für sich. Die Alten allein und die Jungen abseits. Eingeteilt sollten sie werden. Wie das Gerät in einem Schrank darf nichts durcheinander gehen, jedes für sich und Alles nach der Schnur.«

»Recht habt Ihr, Schulmeister,« gab Schlupps bedächtig zurück. »Hab das schon lange gemeint und bin nur froh, daß ich einen finde wie Ihr seid. Schade, daß der liebe Herrgott Euch bei der Erschaffung der Welt nicht hat fragen können. Wie viel Ungelegenheit und Unruh wäre da erspart geblieben! Wirklich, Ihr seid ein grundgelehrter Mann.«

Säuerling lächelte zum ersten Male. Das Lob tat ihm gar wohl. Hatte bis jetzt selten ein solches gehört.

»Eigentlich bin ich nicht zum Schulmeister bestimmt gewesen,« sagte er vertraulich. »Mein Vater war Schuster und hat mich in seinem Handwerk unterwiesen, ließ mich immer die Stiefel für die Arbeitsleute machen, die er auf den Märkten feil hielt, weil es keiner so gut wie ich verstand, alles über einen Leisten zu arbeiten. Das Schusterhandwerk war mir aber verleidet, weil es mich verdroß, daß ich für rechts und links einen besonderen Stiefel machen mußte und das Verschiedenerlei mich ärgerte. Deshalb ging ich zu einem Bader in die Lehre und mußte alle Leute einseifen, dieweil er mit dem Messer kratzte. Dies Geschäft gefiel mir schon besser. Das geschah immer gleich, sodaß kein Unterschied dabei war. Ob Alt ob Jung, alle mußten stillsitzen, wie ich befahl. Da starb der Bader. Das Scheren mit dem Messer verstand ich nicht, denn es ist ein gar schweres Handwerk. So nahm mich ein Magister in sein Haus, unterwies mich, der ich nur notdürftig lesen und schreiben gelernt hatte, in seiner Kunst. Dafür mußte ich die alten Pergamente, die er hatte, ausklopfen, daß sich kein Staub hineinsetzte. Wie auch der eines seligen Todes verblich, vermachte er mir seine Bücher und seine Perrücke. Letzteres tat mich am meisten freuen, dieweil mein Schädel wenig bewachsen war.

Mein Vater hatte aber einen Kunden, einen Grafen, der oft zum Magister gekommen war, um von ihm die Kunst des Goldmachens zu erlernen. Haben Tag und Nacht daran studiert, wollt' aber nichts gelingen. Dieser Graf wies mich her an unsern hochmögenden Herrn, und so bin ich hier, um in die Bauernschädel Ordnung zu bringen und sie zu rechten Menschen zu erziehen.«

»Habt Ihr kein Weib, Schulmeister?« fragte Schlupps.

»Nein,« war die Antwort, und Säuerling machte ein Gesicht, das aussah wie sein Name.

»Ist es tot?« forschte Doktor Neunmalgescheit. »Nein. Davongelaufen ist mir's.« Die Sache war aber so: Säuerling hatte ein Weib gehabt, das war eines Tages auf und davon gegangen und zu seinem Vater zurückgekehrt. Als der Richter ihr Vorstellungen machte, daß ein braves Eheweib bei ihrem Gatten zu bleiben und eine gute Ehe zu führen habe, erklärte sie ihm, eine Ehe mit einem fromm gesinnten braven Manne wolle sie wohl führen; einer aber, der alles besser wissen wolle als der liebe Gott selber, habe keinen Glauben. Denn Gott habe die Menschen verschieden gemacht, ihr Mann aber wolle alle nach einem Muster. Wer anders sei als er, wäre in seinen Augen ein schlechter Mensch, und da sie eine Frau und kein Mann sei, so könne sie auch nicht denken wie Säuerling und ihre Art nicht ablegen und verleugnen. Er solle sich zum Frommsein bekehren und was Gott geschaffen habe als recht annehmen, dann wolle sie zu ihm zurückkehren. Da er sich aber nicht ändern wollte und bei seiner Art verharrte, blieb sie bei ihrem Vater und gedieh von nun an wie ein Apfel am Baume, den die Sonne bescheint, während sie vorher war wie eine Schlehe, die im Schatten gewachsen war.

Der Richter merkte, daß er einer Weiberzunge nicht gewachsen sei, gab ihr im Grunde recht, sprach mit Säuerling und suchte ihn umzuändern. Wies ihm nach, daß Gott wohl gewußt, warum er so vieles auf der Welt verschieden gemacht habe, und riet ihm, daß er doch versuchen solle, mit den Menschen in Güte auszukommen. Aber da stieß er auf den Unrechten; denn der Ehemann konnte keine Widerrede vertragen und ereiferte sich sehr, wenn ihn jemand tadeln wollte.

Also ließ ihn der Richter gehen und dachte sich sein Teil. Daher kam es, daß Säuerling nicht in der Heimat geblieben war, sondern auswärts ein Unterkommen gesucht hatte. »Wißt Ihr, Schulmeister,« nahm der Herr Neunmalgescheit das Wort, »Ihr tut mir leid, daß Ihr hier sitzen müßt. Ihr gehörtet an einen andern Platz, und weil ich sehe, was für ein Mann Ihr seid, will ich Euch ein Geheimnis anvertrauen.« Säuerling spitzte die Ohren und sagte: »Da bin ich sehr begierig, Herr Kollege. Ist mir eine Ehre, daß ein so großer Gelehrter sich zu mir herabläßt.« »Das kommt, weil Ihr bei meinesgleichen gewesen seid und habt dürfen die alten Pergamente bewachen. Hättet Ihr in sie hineingeschaut, wäre Euch noch manches klarer im Kopfe geworden, und Ihr wüßtet, wie man es dazu bringt, die Welt nach seinem Willen zu lenken. Hier ist nicht der Ort, über Dinge zu sprechen, die Unberufene nicht hören dürfen. Heute Abend, wenn es dunkelt, kommt auf den Kirchhof hinaus, da können wir von erhabenen Geheimnissen reden, und ich will Euch zu Eurem Glücke verhelfen.«

Damit nickte er recht stolz und hochmütig, als hätte er alle Gelehrsamkeit der Welt in sich und verließ das Schulhaus. Säuerling aber war wie benommen von dem, was er gehört hatte, so daß er wie im Traum umherging und vergaß, die Kinder zu prügeln, ja, es nicht einmal merkte, als eines heimlich lachte. Das Sünderlein steckte rasch den Kopf unter die Bank und harrte vergeblich seiner Schläge. Kaum erklang die Vesperglocke, so liefen die Kinder fort und wußten nicht, wie ihnen geschehen war. Solch einen Nachmittag hatten sie lange nicht erlebt.

Am Abend, als es dunkel wurde, schlich ein Mann auf den Gottesacker, trat hinter einen großen Leichenstein und wartete. Wartete auf einen, der lang und schmal wie ein leibhaftiger Schatten zwischen den Gräberreihen dahin schlich und ängstlich um sich schaute. Denn so tapfer Säuerling vor seinen Kindern war, wenn es galt, sie zu dreschen, so feige fühlte sein Herz, wenn er allein war. Er fuhr daher erschreckt zurück, als der zuerst Gekommene auf ihn zuschritt und ihm feierlich winkte.

»Ach, Ihr seid's, Herr Professor,« atmete der Schulmeister auf. »Dachte schon, ein Geist wäre es.« »Der könnte Euch nichts anhaben,« versicherte Schlupps lächelnd, »dieweil Geister am liebsten mit ihresgleichen zu tun haben und merken würden, daß Ihr nicht zu ihnen gehört. Aber kommt her, daß niemand wahrnimmt, was ich Euch anzuvertrauen habe.« Damit führte er Säuerling tief hinten an die Mauer und hieß ihn auf einen umgestürzten Leichenstein niedersitzen.

»Wißt,« hub er an, »ich habe viel alte Pergamente durchstudiert und wollte wissen, wie man es fertig bekommt, die Menschen nach seinem Willen zu lenken und sie sich untertan zu machen. Da entdeckte ich denn, daß einst vor tausend Jahren hier im Walde ein weiser Mann etwas vergraben habe.«

»Horcht,« unterbrach ihn Säuerling. »Hört Ihr nicht die Hunde bellen? Oh, es ist furchtbar, wenn sie so zu aller Tag- und Nachtzeit heulen und kläffen. Wißt, daß mir nichts so zuwider ist, als bellende Hunde und krähende Hähne. Die machen ihr Maul immer zur Unzeit auf, statt ordentlich an bestimmten Tagesstunden zu schreien.« »Hört zu, Schulmeister, und unterbrecht mich nicht. Also hier im Walde hat besagter Mann etwas vergraben: Ein Knäuel, aufgerollt aus Bindfaden. Die Stelle habe ich gefunden; aber ausgraben darf ich es nicht; denn es muß ein Mensch sein, der nie Unrecht getan hat, nie Böses von den Menschen gedacht und ihnen immer Gutes erwiesen. Ein solcher kann, wenn er das Knäul aufrollt, die ganze Welt damit umspannen und hat dann Macht über alle Seelen. Ergreift es aber ein Unwürdiger, so kommt der Satan in Hahnengestalt mit dem Gebrüll eines wütenden Hundes und jagt den vermeintlichen Weltbezwinger in die Hölle hinab. Nun seht, Schulmeister, ich bin ein sündiger Mensch, der schon manchem Unrecht getan hat. Ihr aber scheint besser zu sein denn ich, und so frage ich hiermit feierlich und rufe den Mond und die Sterne als Zeugen an: Seid Ihr der Mann, das Knäul zu heben? So will ich Euch die Stelle zeigen und nichts dafür verlangen, als was Ihr mir gutwillig gebt. Ihr aber werdet Herr der Welt, und niemand darf Euch etwas verweigern.«

»Der Mann bin ich!« rief Säuerling und streckte seine Hand hoch. »Nie habe ich Unrecht getan; denn ich bin die Gerechtigkeit selbst. Die reichen und armen Kinder habe ich gesondert, weil Gott die Menschen unterschiedlich geschaffen hat und man ihnen immer seinen Willen vor Augen halten soll. Böses habe ich nie besonders von ihnen gedacht; denn ich weiß, daß die Menschen von Grund aus böse sind, und so habe ich sie nur für das angesehen, was sie sind und nie etwas dazu getan. Gutes habe ich ihnen erwiesen; denn ich hab' sie von Tand und Lustigkeit abgehalten und sie hingewiesen auf das, was allein ewig bleibt, – – auf die Trauer und die Unlust an der Welt. Und so,« schloß er, »hätte der Herr Professor können keinen Gescheiteren finden als mich. Als Dank aber will ich ihm meine Stelle vermachen. Da kann er in meinem Sinne weiter wirken und die Kinder unterweisen.«

»So steht dem Werke nichts mehr im Wege,« sprach der Herr Professor aus Padua. »Findet Euch morgen gegen Mitternacht hier ein. Alles Nötige werde ich mitbringen. Bereitet Euch vor durch Buße und Reue, falls Ihr noch eine Sünde auf dem Gewissen habt.« »So sündenrein wie ich ist niemand,« erwiderte Säuerling. »Aber jetzt tut mir die Liebe und geleitet mich zu meiner Behausung. Denn die Hunde bellen, wenn ich an den Häusern vorbeigehe, und Ihr wißt, das kann ich nicht vertragen. Bald will auch die Sonne aufgehen und die Hähne beginnen zu krähen.« »Geht nur allein, Schulmeister,« sagte Schlupps, »langsam über den Friedhof, stoßt an keinen Leichenstein, daß kein Nachtgespenst aus seiner Ruhe aufgeschreckt wird und Euch an den Kopf springt. Denn wißt, es gibt auch falsche Geister, die dem Menschen in den Kopf springen und nimmer herausgehen. Dann haltet Euch genau in der Mitte der Straße, seht nicht rechts und links um Euch, bis Ihr in Eurem Bette liegt. Das Weitere kommt morgen.« Und der Schulmeister schlich zitternd und angstvollen Herzens fort, sah sich nicht um und war froh, als er in seinem Bette lag und die Decke über den Kopf ziehen konnte. Am liebsten hätte er gar keine Schule gehalten; da das nicht anging, ließ er die Kinder kommen und suchte ihnen heute nur Freundlichkeiten zu erweisen. Er forderte sie auf fromme Sprüche zu sagen und erzählte ihnen dann, daß er dereinst die Welt beherrschen und zu hohen Ehren gelangen würde. Dann entließ er sie, schloß das Schulhaus ab und erwartete mit Ungeduld den Abend.

Indessen war Schlupps auch nicht faul gewesen. Als er den Kirchhof verlassen hatte, setzte er die Brille ab und begab sich in das Wirtshaus. Am andern Morgen erkundigte er sich, ob nirgends Hunde zu verkaufen seien. »Das wohl,« beschied ihn der Wirt. »Geht nur hinaus auf den Anger, wo der Schäfer weidet, der hat solche zu vergeben. Sag Euch aber gleich, daß es bissige Tiere sind, die man nicht frei herum laufen lassen darf und die keinem gehorchen außer ihrem Herrn.«

Das war Schlupps gerade recht. Er ging zu dem Schäfer hinaus und fand ein Männchen mit faltigem Gesicht und verschmitztem Ausdruck. Neben ihm saß ein kleines Mädchen. »Ist das Euer Jüngstes, Schäfer?« fragte er. »Jawohl, Herr; die andern sind noch in der Schule.« »So, so, hab’ da hineingeguckt, gefällt mir gar nicht, Euer Schulmeister; bin zwar selber einer, möcht’ aber keine Kinder um mich haben, die nicht lachen und froh sind.« »Ihr seid mein Mann,« rief der Schäfer. »Wollte Gott, wir hätten einen wie Ihr seid und wären den Sauertopf los.« »Dazu könnt Ihr kommen,« lachte der falsche Schulmeister. »Hab einen gar feinen Plan und wenn Ihr, Schäfer, mir helft, so sollt Ihr den Griesgram bald vom Ort haben.« »Da bin ich dabei. Sagt, was Ihr begehrt.« »Ich brauche nichts, als zwei oder drei bissige Hunde, die bellen, wenn man sie in den Schwanz kneift, und einen Hahn. Ein paar Buben sind auch vonnöten.« Dann weihte er den Schäfer in seinen Plan ein, und der Hirte versprach ihm lachend, alles auf das Pünktlichste zu besorgen.

Als es ganz dunkel war und vom Turm langsam die Glocke elf schlug, betrat Säuerling den Friedhof, wo ihn der Professor Neunmalgescheit erwartete. Der faßte schweigend des Schulmeisters Hand, schritt mit ihm hinaus, links in den Wald, der sich bergwärts zog, und machte am Fuße einer hohen Eiche Halt. »Hier nehmt,« sagte er feierlich und reichte Säuerling seine Schaufel. »Grabt zehnmal; aber hütet Euch innezuhalten, weil sonst der Teufel Macht über Eure Seele gewinnt. Dann werdet Ihr den Knäul finden. Seht: ich habe Euch ein wenig vorgearbeitet und die Erde aufgelockert.« In Wahrheit hatte der Schelm am Nachmittag ein gewöhnliches Garnknäul an der Stelle vergraben und die Erde wieder tüchtig festgestampft. Nicht weit davon hatte er den Schäfer aufgestellt, der hielt die Hunde an der Leine. Auf einem Baume daneben aber saß des Schäfers Ältester mit einem Hahn, und der jüngere Bube hockte unweit davon auf dem Boden und hielt Feuerstein und Zunder in der Hand und eine mächtig lange Pfeife seines Vaters lag neben ihm.

Als nun der erste Schaufelwurf erklang, kniff der Schäfer einen Hund in den Schwanz, daß er heulte, und Säuerling hielt erschreckt mit Graben inne. »Das ist ein schlimmes Zeichen,«

flüsterte Schlupps. »Solltet Ihr in Eurem Gewissen doch nicht so rein sein, daß der Teufel eine Mahnung gibt?« »Wüßte kein Unrecht, das ich je begangen,« stöhnte Säuerling. »So grabt weiter!«

Beim zweiten Schaufelstich klang das Heulen stärker. Beim dritten war es so arg, daß dem Grabenden die Hände zitterten und er nur mühsam den Griff festhielt; aber er ließ nicht los und fuhr fort zu schaufeln. Da schlug der jüngste Bube mit dem Feuerstein Funken, brannte den Zunder an, entzündete die Pfeife, daß sie glühte und zog an, bis mächtige Rauchwolken heraus kamen. »Um Himmelswillen! der Teufel,« flüsterte Schlupps. »Seht, wie seine Augen glühen, wie sein Atem dampft!« Unbemerkt war der kleine Junge näher geschlichen, hatte in die Grube ein Stück brennenden Zunder und eine Handvoll Hobelspäne geworfen, sodaß eine Flamme hochschlug. Säuerling ließ die Schaufel fallen und fuhr entsetzt zurück. Schlupps aber war hinter einen Baum getreten und brüllte mit verstellter Stimme: »Wer wagt es, meine Höllengeister zu beschwören? Bist du es, Sündhafter, der Trübsal in die Welt bringen will und die Menschen zu mutloser Traurigkeit verleitet? Wehe dir! Jetzt bist du mir verfallen!« Der Hahn auf dem Baume, der die Flamme hatte leuchten sehen, meinte nicht anders, als die Sonne ginge auf und fing an zu krähen. Da ließ ihn der Bub frei. Er flog hinab, gerade auf Säuerlings Kopf und hackte mit dem Schnabel in dessen Perücke; der Schäfer aber ließ die Hunde los, die sich wütend auf den Schulmeister stürzten. Der warf entsetzt die Schaufel hin, rannte davon und meinte nicht anders, als der Teufel sei ihm auf den Fersen, lief und lief immer weiter bis er Abends in einer fremden Gegend anlangte und nicht wußte, wo er war.

Dort bat er die Leute, ihn um Gotteswillen aufzunehmen, und da sie meinten, einen Armen vor sich zu sehen, der eine Schuld abzubüßen habe und landflüchtig sei, und Mitleid mit ihm spürten, wenn er immer rief, der böse Geist verfolge ihn, ließen sie ihn im Dorfe wohnen. Sie gaben ihm eine alte Hütte und ließen ihn die Gänse auf die Weide treiben. Verwiesen es auch den Kindern, darüber zu lachen, wenn der fremde Mann erzählte, daß er einmal Schulmeister gewesen sei und Macht über die ganze Welt besitzen sollte, daß ihm aber Unrecht geschehen sei, ihm, der sein Lebtag die Gerechtigkeit selbst war.

Schlupps verließ mit dem Schäfer den Wald und ließ sich Handschlag darauf geben, daß keiner im Dorf erfahren solle, auf welche Art sie den Schulmeister los geworden seien. Der Schäfer versprach, Wort zu halten und seine Buben desgleichen; denn sie wollten beide einmal Schäfer werden, und einem solchen vertrauen die Menschen oft gar viel. Muß er sie doch heilen, wenn sie krank sind, und erfährt von vielen Schmerzen, innerlich und äußerlich, die den Menschen plagen und die er sonst keinem anvertraut. Als am andern Morgen die Kinder in die Schule kamen und kein Lehrer da war, gingen sie heim und freuten sich. Der Schäfer aber flüsterte geheimnisvoll dem und jenem zu, daß wohl der Teufel den Schulmeister geholt habe; es sei aber nur eine Ahnung; sicher wisse er es nicht. Weil aber die Menschen Vermutungen immer um so lieber glauben, je unwahrscheinlicher sie sind, so stand bald im Dorfe fest, daß den Säuerling der Teufel geholt habe, und Niemand weinte ihm eine Träne nach.

Statt seiner aber erbot sich Schlupps, die Stelle anzunehmen; nannte sich aber nicht mehr »Neunmalgescheit,« sondern »Einfältig;« »denn,« sagte er, »wer lehren will, muß ein einfältig Gemüt haben und selbst lernen wollen.«

Einfältig

Jetzt begann für die Kinder eine herrliche Zeit. Kam eine Mutter an das Schulhaus und wollte ihrem Buben oder Dirnchen einen Weck oder einen Apfel bringen, so fand sie das Haus leer. Der Schulmeister war mit der jungen Schar hinausgezogen in den Wald. Da lehrte er sie die Pflanzen und Tiere kennen und erzählte ihnen, wie in anderen Ländern die Felder bestellt werden. Da er immer offene Augen und Ohren gehabt hatte, vermochte er den aufhorchenden Kindern gar viel Lehrreiches beizubringen, so daß sie an einem Vormittag im Walde mehr lernten, als bei Säuerling in einem Jahr. War aber Regen und trübes Wetter, dann wurde im Schulhaus geschrieben und gelesen, daß allen der Kopf rauchte, denn wer nicht fleißig war, durfte bei Sonnenschein nicht mit in's Freie und mußte nachlernen.

Dazu kam noch, daß der Schulmeister Einfältig die Kinder, denen das Lernen schwer fiel, sehr belobte, wenn sie etwas gut machten, dadurch bekamen sie Zutrauen zu sich und merkten, daß das Lernen eine Lust sein könne und keine Last, wie sie vordem vermeint. Die Eltern aber nickten einander zu und sagten: »Sollte man nicht meinen, Herzfroh sei wieder aufgestanden?«

So hielt es der neue Schulmeister ein halbes Jahr. Da wurde ihm die Zeit lang, und er sehnte sich wieder in die weite Welt. Hätte er nur einen andern gefunden, der, wie er, die Kinder in Liebe unterwies. Wo aber einen hernehmen? Sah immer im Wirtshaus die Leute an, ob der Zufall nicht einen Geeigneten herführte, aber keiner schien der Rechte. »Schulmeister,« hatte der Wirt eines Tages gesagt, »was soll Euch ein Bauernwagen? Ich habe dahinten ein Kütschlein stehen, das mir nichts nutz ist, zu dem bin ich bei einem kleinen Handel billig gekommen. Ist'sEuch recht, so laßt uns tauschen. Ist uns beiden damit geholfen; denn ich hab oft Säcke in die Mühle zu fahren und mein Planwagen ist schon ein bischen zerbrechlich.«

Deß war Schlupps zufrieden, und damit seine Gäule im Stall nicht zu fett und gar krank würden, spannte er sie oft in sein neues Wägelchen und fuhr die Alten und Gebrechlichen über Land, damit sie die schöne Gotteswelt auch anders als vom Sorgenstuhl zu sehen bekämen.

Eines Tages war er allein ausgefahren. Auf dem Rückweg ließ er die Zügel hängen, und die Rößlein gingen langsam der Heimat zu. Da sah er einen Jüngling vor sich gehen, den Rücken hochbepackt mit allerlei Gerät. »Steigt ein, junger Mann,« rief er. Der Fremde ließ sich nicht zweimal bitten, zog höflich zum Dank die Sammetkappe und kletterte in den Wagen. »Seid sehr beladen,« meinte Schlupps. »Will's meinen, Herr. Bin auch lange auf der Wanderschaft. Komme von Italien her und habe manches Schöne und Herrliche gesehen,« plauderte der junge Mann. »Bin meines Zeichens ein Maler und weit herumgekommen, um zu studieren und zu lernen.«

»Erzählt mir von Eurer Fahrt,« bat der Schulmeister, dessen Herz hoch schlug, sobald er von fremden Ländern hörte. Der Jüngling strich sich die blonden Locken aus der Stirn, sah mit den tiefen blauen Augen träumerisch in die Ferne und sagte langsam: »Herr, Herr, es ist etwas Gefährliches um das Indieweltgehen. Daheim hab ich geglaubt, schon viel zu können und es den großen Malern gleich tun zu können. Wie ich aber südwärts kam, nach Venezien und Florenz, da wurde mein Herz immer schwerer, denn ich sah, daß ich ein Stümper war, wie es nur einen gab. Vor den Bildern der alten Meister dachte ich zu lernen und pinselte und zeichnete nach, so viel ich konnte. Als ich aber weiter kam in die heilige Stadt Rom und dort von Bild zu Bild eilte, war ich so unglücklich, daß ich schier meiner Kunst gram wurde. Denn sagt selbst: Ist es nicht hart, sein Herz an eine Sache zu hängen und dann zu sehen, daß man darin nie etwas Besonderes erreichen könne? Ich sah ein, daß die Malerei mir immer ein Ergötznis für frohe und trübe Stunden sein würde, aber daß ich nimmer etwas fertig bekäme, was nur dem allerkleinsten Bildchen der großen Meister gleicht. Es waren schwere Stunden, Herr, und das schöne Italien erschien mir wie der Garten des Paradieses, allwo der Engel mit dem feurigen Schwert mich hinauswies. Da packte ich endlich zusammen, was ich gemalt hatte und wanderte wieder zurück in meine Heimat. Könnte ja mein Gewerbe dort ausüben und würde wohl kaum einer merken, daß ich kein großer Meister bin; denn sie sind der Malerei unkundig und es gefällt ihnen leicht, was recht aussieht und bunte Farben hat. Aber mir ist es verleidet.«

»Da geht's Euch mit Eurem Handwerk, wie mir mit meinem,« nickte Schlupps. »Bin hier Schulmeister und tät's gern an den Nagel hängen.«

»Was,« rief der junge Mann, »ist's möglich? Das ist Euch zuwider? Gibt's denn eine größere Freud, als die Kinder zu unterweisen, ihnen alles Schöne zu geben, das man gesehen hat und vielleicht einen, der ein Meister werden kann, auf den rechten Weg zu führen? Seht, Herr,« fuhr er fort und seine Augen leuchteten. »Das hab ich mir als das Beste vorgestellt, der Jugend den Sinn und die Augen auftun. Aber so geht's. Mit dem, was er hat, ist der Mensch nie zufrieden.« »Da mögt Ihr recht haben, junger Mann,« sagte Schlupps; »wir sind hier bei meinem Hause angelangt. Kommt herein und nehmt fürlieb.« Damit half er dem Gast vom Wagen und wies die Magd an, ihm ein Stübchen und ihnen beiden einen Imbiß zu richten.

»Zeigt mir morgen bei Tageslicht Eure Bilder, Herr Maler,« bat er. »Hab' eine Freude an solchen Sachen.« Das war dem Gast lieb zu hören: denn wenn ihm selbst seine Arbeiten auch nicht immer gefielen, so erfreute es ihn doch, wenn andere Wohlgefallen daran hatten. Wie sie nun am Morgen die Bilder besahen, und Schlupps sich vorstellte, daß es Orte gäbe, so schön wie die auf der Leinwand, wo Schlösser und Burgen, blaue Seen und Schneeberge zu sehen waren, da wuchs seine Sehnsucht in die Welt schier übermächtig. Am meisten gefiel ihm ein Bild, das einen Fürstensohn darstellte, mit blassem Gesicht, dunklen Augen und schwarzen Haaren.

»Dies Bild habe ich in Florenz gemalt,« sagte der Maler. »Ein Meister, der schon lange verstorben ist, hat es angefertigt, und weil ich die Augen des Konterfeis nimmer vergessen konnte und immer zu dem Bild zurückkehren mußte, habe ich es nachgemalt, so gut es ging, und es ist mir nicht übel gelungen.« Damit legte er es in seine Mappe zurück. »Dank Euch auch, Schulmeister, für die Unterkunft. Will heute noch weiter wandern und sehen, wo ich mein Nest aufschlage,« fuhr er fort. »Hier,« sagte Schlupps und faßte ihn bei der Hand. »Hört mich an. Ihr kommt zu gelegener Stunde. Ich muß fort und habe nur auf einen gewartet, der mein Amt übernimmt. Bleibt Ihr an meiner Stelle und unterweist die Kinder. Nennt Euch ›Wegwart;‹ denn das sollt Ihr jetzt sein. Ein Wärter, der ihren Weg bewacht. Und denkt nicht, daß dies Handwerk zu schwer für Euch sein werde. Übt Eure Malerkunst an ihnen aus, dann wird es am besten gehen, und wollt nur statt auf Leinwand auf die Seelen der Kleinen Eure Bilder malen. Nehmt alle Farben: das Grün der Treue, das Rot der Freude, das Gelb des Neides; aber nur so viel davon, als das Herz braucht, um Neid auf alles Gute und Schöne zu bekommen und es nachzuahmen. Vergeßt auch nicht das Schwarz des Hasses gegen alles Böse und Unrechte. Und wenn Ihr das Grau der Trauer auflegen müßt, dann setzt das Blau der Hoffnung dazu und laßt dazwischen das zarte Violett nicht fort. Denn wie die Dämmerung zwischen Tag und Nacht steht, so ist in den Herzen oft ein Schwanken von Leid zur Freude und es braucht von einem zum andern einen Übergang. Mischt dann zu allem das Weiß der Klarheit und Wahrheit und glaubt mir, daß an den Bildern, die Ihr auf die Art macht, der liebe Herrgott seine Freude hat. Werdet dann ein so verdienstvoller Maler wie die großen, die Ihr bewundert, wenn auch kein Ehrenzeichen um Euren Nacken hängt.«

Da stand der junge Maler eine Weile still und nachdenklich; dann hob er die Hand und rief: »So hat es Gott gewollt, Schulmeister, daß er mich herwies, Euren Platz will ich wohl annehmen. Wenn Ihr aber in die Welt ziehen müßt, so erweist mir eine Liebe und nehmt das Bild mit, das Euch so gefallen.«

Noch lange saßen die beiden beratschlagend zusammen. Als am andern Tage die Morgensonne in das Fenster schien, da schirrte der Schulmeister Einfältig seinen Wagen an, tat all sein Hab und Gut hinein, reichte dem künftigen Schulmeister die Hand und fuhr zu dem schweigenden Dorf hinaus in die Welt hinein, noch vor dem Frühgeläut, damit seine Kinder ihm nicht durch ihr Weinen das Abschiednehmen erschweren sollten.

Junker Pfiffig

Nach wenigen Tagen langte Schlupps in einer Stadt an, die er noch nie gesehen, fuhr durch Gassen und Straßen mit hochgegiebelten Häusern, spitzen, steilen Kirchtürmen, bog über brunnendurchrauschte Plätze und verwunderte sich schier, wie viel Pracht und Herrlichkeit es gab. Dann kehrte er mit seiner Kutsche in einem Wirtshaus ein, wo der Wirt ihn sorgsam musterte.

»Was habt Ihr an mir zu sehen, guter Freund?« fragte Schlupps. »Verzeiht Herr,« gab der Wirt zur Antwort, »wenn ich Euch neugierig scheine; aber kann mir's nicht erklären, wie jemand, der das Aussehen eines Herrn hat, so armselig gewandet sein kann; überlegte deshalb, woher der Herr wohl angereist käme.«

»Da habt Ihr recht,« erwiderte Schlupps, dem es jetzt auffiel, wie ganz anders er aussah, denn die Bürger, die in der Wirtsstube saßen. »Wißt, ich bin weit herum gekommen in entlegenen Gegenden, wo man nicht alles zu kaufen vermag, wie bei Euch. Deshalb bin ich hierher gefahren, um alles anzuschaffen, was mir nottut und kann Euren Rat wohl brauchen. Wollt Ihr mir jetzt mein Zimmer zeigen?« Und als der Wirt ihn dahin führte, zog er rasch seine Geldsäcke heraus und sprach: »Sagt mir, Herr Wirt, ist mein Zimmer ganz sicher vor Dieben? Denn wißt, ich habe viel Geld bei mir und muß mich auf Euch verlassen können.« Damit warf er die Beutel auf den Tisch, daß es dröhnte.

Der Wirt versicherte ein Mal über das andere, daß seine Truhen und Türen feste Schlösser hätten und empfahl sich mit vielen Verneigungen. Der Fremde mit der großen Geldkatze erschien ihm auf einmal nicht mehr ärmlich gekleidet, sondern nur ein wenig absonderlich. Das machte, daß der goldene Grund durch die abgeschabten Stellen des Anzuges hindurch leuchtete. Er nahm sich vor, den Gast sehr liebevoll zu verpflegen, damit der einen großen Teil seines Geldes bei ihm verzehre.

Andern Tages fragte Schlupps seinen Hausherrn nach einem Schneider und wurde zu einem gewiesen, der gar berühmt sei und sein Handwerk gut verstehe. »Meister,« sagte der Fremde, als er eintrat, »richtet Euch nicht nach dem Kleide, das ich anhabe. Wenn man unerkannt in der Welt herum kommen will, muß man ein schlichtes Aussehen haben. Dann betrachten die Menschen uns als ihresgleichen und fassen Zutrauen zu uns. Habt Ihr eines oder zwei Kleider, wie sie mir passen und wohl anstehen würden, so zeigt sie mir.«

Der Schneider schloß aus dieser Rede, daß er einen vornehmen Herrn vor sich habe, der sich einmal unbekannt unter den Menschen bewegen wolle, wie große Herren zuweilen solche Launen überfallen. Meinen sie doch im tiefsten Herzen, daß die Menge schon spüren werde, wer vor ihnen steht, verwundern sich oft sehr, daß keiner fühlt und weiß, wer sie in Wahrheit sind. Das kommt daher, daß sie im schlichten Kleide oft weniger Verstand haben, als in dem prächtigen Anzug, den sie sonst gewohnt sind. In dem besseren Gewande klingt jedes Wort heller und klüger und findet auch mehr Beachtung als bei einem schlichten Bauers- oder Bürgersmann.

So glaubte der Schneider, der neue Kunde habe das Einfachsein über und wolle jetzt so daher kommen, wie es sich für seinen Stand schicke und sprach darum: »Ihr kommt zu gelegener Zeit, Herr. Ein junger Graf hatte bei mir zwei Kleider bestellt, eines für jeden Tag aus braunem Tuch, sauber und schön gemacht, und eines für Feste, aus dunkelrotem Sammet mit Barett und Feder. Er gab mir den Stoff dazu, den er weit her aus Italien hatte kommen lassen. Da schickte ihn des Kaisers Majestät mit einem Auftrag fort, hin zum türkischen Sultan in wichtiger Botschaft, und so schnell mußte die Reise vor sich gehen, daß mein Herr Junker die Kleider nicht abwarten konnte.« »Muß ihm sehr arg gewesen sein,« wandte Schlupps ein. »War nicht so schlimm für ihn. Bedeutete es doch ein ehrenvolles Amt, und des Kaisers Gnaden hatten ihn hinlänglich mit Geld versehen, daß er sich anderen Ortes kaufen konnte, was sein Herz begehrte. So ließ er mich rufen und sagte: ›Meister, ihr habt mich immer gut bedient und wenn ich Euch nicht zahlen konnte, nie gemahnt und gedrängt; auch manchmal die Kreide auf der Schuldtafel gespart. So behaltet die Stoffe. Ich schenke sie Euch. Könnt sie wohl gelegentlich verwerten. Weil aber die Kleider schon nach seinem Maß zugeschnitten waren, machte ich sie fertig. Er ist Eures Wuchses, und es könnte sein, daß Euch beide Gewänder passen. Wollt einmal probieren.‹«

Und siehe da! Sie saßen wie angegossen, und Schlupps beschloß, sie zu kaufen, da der Meister einen mäßigen Preis dafür forderte. »Kommt bald wieder, Herr,« bat der Schneider. »Und verzeiht, wohin soll ich Euch Euer altes Gewand und das Sammetkleid senden, da Ihr das braune gleich anzieht?« »Sendet es in das Gasthaus zum goldenen Lamm,« sprach Schlupps, »und laßt sagen, es sei für Junker Pfiffig.«

Er zahlte seine Rechnung und ging fort. Der Meister sah ihm staunend nach, wie er dahin schritt, den Kopf hoch, daß er über alle Menschen hinwegschauen konnte und den Gang gar leicht, als sei er gewohnt, zu tanzen statt zu schreiten. »Muß etwas ganz besonderes sein,« dachte der Nadelkünstler. »Vielleicht ein Königssohn und der Name Pfiffig war angenommen. Gibt es doch Menschen, denen sieht man trotz allem das Königsein an, die mögen sich verstellen wie sie wollen. Einmal bricht es hervor und dann staunen alle, daß sie den für einen gewöhnlichen Menschen und ihresgleichen gehalten haben, der doch so hoch über ihnen steht.« Und der Meister fädelte seine Nadel ein, kletterte auf seinen Tisch und überlegte weiter; denn das Handwerk, das er betrieb, machte ihn gar nachdenklich und sinnig. Kam er doch mit vielerlei Leuten zusammen, hatte gelernt, das Kleid vom Menschen zu scheiden und wußte wohl, daß, wenn es außen oft gleißte und glänzte, der Grund nicht immer feines Linnen war, sondern grob Gewebe mit Knoten, Fehlschlägen und Webfehlern.

Junker Pfiffig aber ging langsam durch die Gassen und sah mit offenen Augen alles wohl an. Er trat bei einem Barbier ein, ließ sich von dem Schaumschläger Bart und Kopfhaar zurecht stutzen und wunderte sich selbst, als er in dem Spiegel sah, wie wohlgestaltet er war. Das schwarze Gelock, das auf seine Stirn fiel, glänzte vom Bürsten und Striegeln, und es schien ihm, als ähnele er dem Bilde, das der fremde Maler ihm geschenkt hatte.

»Kommt bald wieder, Junker,« sagte der Barbier, als er ihm die Tür öffnete. »Seid Ihr hier fremd, so rate ich Euch, unser Rathaus zu besuchen, das gar schön gebaut und weit berühmt ist. Heut ist Gerichtstag. Da darf jeder hineingehen und zusehen.« »Das will ich tun. Seid bedankt für Euren Rat,« nickte der Junker Pfiffig höflich. Es kam ihm vor, als habe er mit dem andern Kleid einen anderen Menschen angezogen, denn er hatte Freude an allem, was schön war. Fühlte er sich in jedem Kleide heimisch und bei sich, so schien ihm das neue Gewand wie ein Haus, das eigens für ihn gebaut und gefertigt war. Er schritt hinüber zu dem Stadthause mit den vielen Türmchen und spitzbogigen Hallen. Da sah er in der Tür eine Frau stehen, die ihre rechte Hand vor die Augen hielt und heimlich Tränen abwischte. »Was fehlt Euch, gute Frau?« sagte er und seine Stimme klang so gewinnend, daß die Verzagte Mut faßte und leise zu erzählen anhub: »Ach Herr, vielleicht könnt Ihr mir helfen. Ihr scheint gar vornehm und mächtig. Ich habe einen Prozeß mit meinem Nachbar, dem Grundbauer, um einen Acker, den einzigen, den ich besitze. Der Nachbar behauptet, daß mein Mann ihm auf dem Totenbette den Acker verkauft hätte für die Beerdigungskosten. Wie mein Hans gestorben war, kam der Grundbauer zu mir, sagte: er wolle für das Begräbnis Sorge tragen und alles so machen, wie es bei armen Häuslersleuten Sitte wäre. Ich vermeinte, er täte es aus Nächstenliebe und um Gottes Willen, dankte ihm sehr und lobte ihn vor den Leuten, ob seines guten Herzens, und jetzt macht er es mir so. Glaubt mir, Herr, mein Hans ist nie eine Minute allein gewesen, als es zum Sterben kam und der Handel abgeschlossen sein soll.«

»Aber der Richter muß Euch doch Euer Recht geben,« ereiferte sich Schlupps. »Ach, das ist es gerade. Jetzt weist der Bauer eine Schrift auf, und drei Kreuze stehen darunter. Kommt mit herein, seht, wie es zugeht. Unsereins darf nichts sagen, sonst kommt er wegen Verläumdung in den Turm.«

»Geht nur hinein, gute Frau. Ich werde schon kommen; aber tut nicht, als ob Ihr mich kennt.«

Als nun die Verhandlungen begannen, sah Junker Pfiffig auf dem Richterstuhl einen Mann sitzen, mit großer Perücke, eine Brille auf der Nase, daß man die Augen nicht sah; um den Mund hatte er zwei tiefe Falten, die sich ausnahmen, als habe der Teufel sie mit seinem Pfluge gefurcht und Bosheit und Tücke hineingesäet. Seine Hand war lang, die Finger so spitz wie Krallen.

Er winkte und der Bauer hub an zu erzählen, wie der Handel sich zugetragen, den er, während Margret in der Küche war, mit dem Hans abgeschlossen haben wollte. Dabei klimperte der dicke, schwere Mann immer mit der Geldkatze, die er umgeschnallt hatte, und sah den Richter schmunzelnd an. Da spitzte er die Ohren, denn wenn er sich auf Flöten und Geigen auch gar wenig verstand, so klang die Musik des Bauern ihm doch lieblich in die Ohren.

Dann frug er Margret barsch, was sie zu sagen habe und gebot ihr, sich kurz zu fassen und sich zu hüten, den Grundbauern einer unlautern Tat zu beschuldigen; denn das bliebe nicht ungeahndet. Dann frug er auch, ob sie Zeugen für ihre Erzählung habe. Die arme Frau sah erschreckt um sich. Da fiel ihr Blick auf den Junker im braunen Gewande, der unweit auf einer Bank saß und ihr heimlich zunickte. Sie faßte Mut, erzählte, wie alles gewesen und schloß mit der Bitte, ihr zu ihrem Rechte zu helfen.

Der Richter sann eine Weile nach und sprach dann: »Ich will mir den Fall überlegen. Kommt heute Abend bei Sonnenuntergang wieder her. Tragt mir Eure Gründe noch einmal vor. Wer die gewichtigsten hat, soll Recht bekommen.« Damit entließ er beide. Der Bauer lachte zufrieden vor sich hin; denn er hatte den Richter wohl verstanden und hielt in der Hand einen Beutel mit Silbermünzen. Als der Richter das Zimmer verließ, trat der Grundbauer auf ihn zu, reichte ihm den Beutel und sprach: »Gestrenger Herr, Gründe so schwer wie diese wird die Margret wohl nicht haben.« Er sah aber nicht, wie ein Junker in braunem Gewande langsam vorbeischritt und dem Handel zusah.

Draußen angelangt, winkte Schlupps der Frau, führte sie in ein Wirtshaus, hieß den Wirt ihr Speis und Trank vorsetzen und sagte: »Seid außer Sorge. Ich helfe Euch und Ihr sollt Euren Acker behalten.« Dann ging er zu einem Schlosser und sah sich bei dem um, was er an Arbeiten aufzuweisen habe an kunstvollen Riegeln, Schlössern und Beschlägen. Besonders gefiel ihm eine Schnalle, die groß und schwer war. »Das ist mein Gesellenstück,« erklärte der alte Meister stolz. »Damals,« fuhr er mürrisch fort, »war man noch nicht so hoffärtig, daß alles von Gold und Silber sein mußte. Sonderlich die Frauen trugen die Gürtel von eisernem Schloß gehalten und prangten noch mehr in Zucht und Schönheit denn heute, wo ein jedes Bürgerkind Gold und Edelstein trägt und der Halsschmuck in der Kirche aus Granaten sein muß, soll die Andacht nicht gestört sein durch unheilige Gedanken und Wünsche. Ach, die gute alte Zeit kommt nicht wieder, da die Menschen noch so schlicht und einfältig waren und der Schlosser noch Schmuck und Tand liefern durfte und nicht alles der Goldschmied. Kein Wunder, wenn deren Innung gar übermütig wird und bei allen Festen voranschreiten will.«

»Meister, verkauft mir die Schnalle,« sagte Schlupps. »Hab meine Freude an Sachen, die besonders kunstfertig gearbeitet sind. Sie zeigen, daß, wer sie gemacht hat, mehr kann, als viele seines Faches.«

Das schmeichelte dem Schlosser. Sie wurden bald handelseinig; Schlupps erstand die Schnalle und eine kleine Feile um ein Billiges und ging vergnügt in sein Gasthaus, wo ihn die arme Margret erwartete. Junker Pfiffig schloß sich in sein Gemach ein, nahm mehrere Goldstücke, feilte an den Rändern Gold ab, daß die Münzen so zackig aussahen, als hätten die Ratten daran genagt, und rührte die Goldabfälle zu einem dicken Brei an. Mit dem rieb er die Spange ein, putzte und glättete sie, daß sie aussah wie pures Gold und herrlich schimmerte. Dann wickelte er sie in ein klein seiden Tüchlein, legte zwei abgefeilte Goldstücke, die er durchlocht hatte, obenauf, rief die Frau und unterwies sie, was sie zu tun habe.

Als nun der Richter gegen Sonnenuntergang durch den weiten Hallengang wieder in den Saal treten wollte, wo der Bauer schon wartete und seines Spruches sicher war, löste sich eine Gestalt von der Eingangstür los, ging demütig auf den gestrengen Herrn zu und sagte leise: »Verzeiht, Herr Richter. Ich habe einen gar gewichtigen Grund, den ich Euch verkünden muß. Von einer Ahne erbte ich ein schweres güldenes Amulett, wie es wohl einer vornehmen Frau, aber nicht mir gebührt. Würde ich es verkaufen, so könnte man denken, ich wäre auf unrechte Art dazu gekommen. Vielleicht daß es Eurer Eheliebsten oder Eurer Jungfer Tochter wohl anstünde, und zwei durchlöcherte Goldmünzen sind auch dabei, die man wohl zu Ohrengeschmeide verwenden kann.«

Dabei lüftete sie das kreuzweise gebundene Tüchlein und ließ den Richter hineinblicken, sodaß der rote Schein der Abendsonne, der durch die buntgemalten Scheiben spielte, auf das Geschmeide fiel, daß es rotgelb flimmerte.

»Gute Frau,« sagte der Richter, »einem vernünftigen Grunde verschließe ich nie mein Ohr. Ihr habt wohl getan, Euch an mich zu wenden. Seid unbesorgt, Ihr sollt Euer Recht haben.« Damit ergriff er das Tüchlein, wog es in der Hand, sehr erfreut ob seiner Schwere, und ging würdevollen Schrittes in den Saal, wo ihn der Bauer erwartete. Doch wie erschrak der, als der gestrenge Herr ihn anschrie und ihn ausschalt, daß er eine arme Witwe bedrücken wolle. Jetzt sei ihm die Erleuchtung gekommen, daß alle seine Angaben leichtfertig und ungerecht gewesen, und er verurteilte ihn, der Margret den Acker zurückzugeben und ihr auf der Stelle zwanzig Silbergulden zu zahlen.

Der Bauer wußte nicht wie ihm geschah, fluchte innerlich, mußte aber wohl oder übel gehorchen und hatte außer dem Schrecken noch den Spott zu tragen. Denn es waren gar viele Zuhörer im Saale, die dafür Sorge trugen, daß der Richterspruch bekannt wurde. Hatte der Bauer doch viele Feinde, die ihm grollten, weil er sie oft betrogen hatte. So mußte er beschämt abziehen und das Silbergeld an den Richter war auch verloren.

Die Margret suchte den Ritter, um ihm zu danken; aber er war nicht aufzufinden und so konnte sie nur im Stillen für ihn beten.

Ihr Beschützer war in den Ratskeller gegangen, wo die vornehmen Bürger beim Wein saßen und Rede austauschten über die Zeitläufte, den Übermut der Geringen, die es den Herren gleich tun wollten und was dergleichen erbauliche Gespräche mehr waren. Als der Junker im braunen Gewand hereintrat, richteten sich aller Blicke auf ihn; denn ein Fremder war immer gern gesehen, und die ritterliche Erscheinung ließ vermuten, daß man einen vornehmen Mann vor sich habe. Der Richter, der allein in einer Fensternische saß, winkte den Wirt herbei und hieß ihn, den Fremden an seinen Tisch zu weisen; denn er war gar zu neugierig, was der am Orte wolle.

Mit höflicher Verneigung nahm Schlupps den angebotenen Stuhl an und sagte auf die Frage des gestrengen Herrn, was ihn herführe: »Verzeiht, Herr Richter, daß ich Euch nicht Auskunft geben kann, wie ich es wohl möchte. Eine wichtige Aufgabe zwingt mich aber zur Geheimhaltung. Nur so viel laßt Euch sagen, daß ich einem hohen Herrn diene, in dessen Auftrag ich die Lande durchreise. Mein Fürst ist noch unbeweibt und – – da hätte ich beinahe zuviel gesagt. Das kommt davon, wenn man einem Herrn gegenübersitzt, dessen scharfer Blick alles durchschaut. Da läuft die Red über, wie der Bach im Frühjahr über die Wiesen.«

»Habt Ihr einen Auftrag an unseren vieledlen, hochmögenden Grafen von Trutzenstein?« fragte der Richter und glaubte, den Fremden so auf geschickte Art auszuholen. »Allerdings,« sagte sein Gegenüber zögernd, »für den Herrn Grafen – – –.« »Das dachte ich mir,« fiel ihm der Richter in die Rede. »Denn morgen ist ja bei dem Herrn Grafen ein großes Fest zu Ehren seiner Tochter, die jetzt volljährig ist und sich einen Gatten aus erlauchtem Geschlecht wählen soll. Gewiß kommt Ihr auch hin?« »Geraten, Herr Richter!« sagte der Fremde. »Ich sehe schon, Euch kann man nichts verbergen. Da wird es gewiß einen herrlichen Anblick geben. All die geputzten Jungfräuleins mit ihrer Pracht und ihrem Geschmeide!«

»Das will ich meinen!« rief der Richter stolz. »Öffnet nur die Augen weit, um zu sehen, was unsere Frauen vermögen. Hab auch eine Tochter, die ich morgen hingeleite; denn es sollen die Gespielinnen mit der Grafentochter zugleich verlobt werden, und der Herr Graf will ihnen die Gatten aussuchen und für ihre Ausstattung Sorge tragen, wie es der Brauch vorschreibt. Hab meiner Tochter heute ein golden Geschmeide angeschafft, daß sie daherkomme, wie es ihrem Stande geziemt.«

»Das ist löblich, Herr Richter. Ein wohlgelungen Bild bedarf auch eines würdigen Rahmens. Das sagte ich auch zu meinem hohen Herrn, als er mir sein Bild mitgab.« »Verzeiht,« meinte jetzt der Richter. »Ist Euer Herr ein Graf?« »Ein Fürst ist er,« sagte der Junker feierlich und lüftete seine Kappe. »Er ist der Königssohn von Golconda. Sein Reich ist das herrlichste was Ihr Euch denken könnt. Da ist nichts öde und kalt. Wohin das Auge blickt, seht Ihr üppige Felder, grüne Haine, Wiesen und Blumen. Immer strahlt eine goldene Sonne herunter. Die Vögel singen schöner denn in andern Ländern; die Blumen duften würziger, die Frauen sind wie Feen, zart und lieblich, und doch darf der Prinz keine von ihnen heiraten. Es ist ein uralt Gesetz, daß seine Gemahlin aus fernen Landen stammen muß. Da er aber sein Reich nicht verlassen darf, schickte er mich auf die Brautfahrt, damit ich mich umsehe nach einer Gemahlin, die seiner würdig sei. Nicht Stand, nicht Reichtum sind entscheidend – –.« Plötzlich unterbrach er sich wie erschreckt. »Jetzt habe ich dem Herrn doch verraten, was ein Geheimnis bleiben sollte. Ich bitte, sagt keinem, was mich herführt, bis ich es selbst enthülle.«

»Seid unbesorgt,« nickte der Richter. »Will das Anvertraute wohl hüten. Unweit von hier ist des Grafen Schloß, könnt es zu Pferde in einer halben Stunde erreichen. Doch verzeiht, wie soll ich Euch nennen, wenn ich Euch wiedersehe, da ich den Namen nicht verstanden habe?«

»Nennt mich Ritter von Bauernmark. Bin von uraltem Geschlecht, das schon manchem Herrn geholfen hat, sein Reich zu schützen und zu halten.«

»Gehabt Euch wohl, Herr Ritter. Auf Wiedersehen!« Damit reichte der gestrenge Herr dem Fremden die Hand und verließ ihn, froh, seinem Eheweib eine angenehme Kunde zu bringen. Denn seine Frau wollte immer gern hoch hinaus, und ein Prinz wäre ihr als Eidam gerade recht gewesen. Sie war sehr eitel auf ihre Tochter und meinte, jeder müsse von ihr so eingenommen sein, wie sie als Mutter von ihr war. Da sie aber kein gutes Herz hatte, so gewöhnte sie auch die Tochter an ein selbstisch Wesen und die beiden Frauen trugen mit die Schuld daran, daß der Richter die Armen bedrückte und das Recht verkaufte, statt es, wie der liebe Herrgott das Sonnenlicht, über Arme und Reiche gleich leuchten zu lassen.

Das Fest

Am andern Tage war auf dem Schlosse des Grafen ein Kommen und Gehen. Von weit her waren Edle erschienen, um die Grafentochter und ihr reiches Erbe zu gewinnen. Das Fest sollte schon seinen Anfang nehmen, als zuletzt ein Wagen anfuhr, dem ein Ritter entstieg in rotem Sammetanzug mit Barett und Feder. Er trat auf den Grafen zu, verneigte sich zierlich und sprach: »Erlaubt, hochedler Herr, daß ich an Eurem Feste teilnehme. Ritter von Bauernmark nenne ich mich. Mein Herr ist der Prinz von Golconda, und als Geburtstagsangebinde erlaubt mir, Eurer vieledlen Tochter das Bildnis meines Herrn zu überreichen.« Damit enthüllte er das Konterfei, das ihm der Maler geschenkt hatte. Der Graf nickte huldvollst und sprach: »Seid willkommen in unserm Kreis, Herr Ritter, und möget Ihr Euch darin so heimatlich fühlen, als in Eures Herrn Landen.« Dann geleitete er den Gast zu seiner Tochter, und der Ritter von Bauernmark überreichte sein Geschenk kniend, wie es Sitte der Edlen war.

Als die Grafentochter aber einen Blick auf die Gabe warf, stutzte sie; denn sie vermeinte, eine Ähnlichkeit mit dem Ritter vor ihr zu finden und es kam ihr plötzlich der Gedanke, das Bild und der vor ihr kniete müßten ein und dieselbe Person sein, und kleine Änderungen seien nur vom Maler gemacht, damit die Gleichheit nicht zu auffällig wäre.

Dasselbe dachte die Richterstochter, die neben ihr stand. Weil sie nichts verschweigen konnte, flüsterte sie der Gespielin zu, was der Vater ihr über des Ritters Sendung anvertraut hatte und daß dies der Prinz selbst zu sein scheine. Da lächelte die Grafentochter gar holdselig auf den Knienden herab, reichte ihm die Hand, hieß ihn aufstehen und ließ sich von ihm zu Tisch führen, allwo ein reiches Schmausen anhub und Pagen goldne Pokale mit köstlichem Wein herumreichten. Abseits aber stand der Graf in Beratung mit dem Richter, der ihm anvertraute, was der fremde Junker hier wolle.

»Ich muß Euch zürnen, Richter,« sprach der Graf. »Seit Monden habe ich von Euch keine Abgabe mehr erhalten, und Ihr wißt, daß meine Hofhaltung viel Geld verschlingt.«

Seufzend griff der Richter in die Tasche und holte den Beutel mit Silbergeld heraus, den ihm der Bauer gegeben. »Das ist alles, was ich heute abliefern kann, hoher Herr,« sagte er und warf dem Grafen einen tückischen Blick zu. Wußte er doch, daß sein Eheweib schmähen würde, wenn er ohne Geld heimkam. »Die Leute meinen, das Recht müsse umsonst sein wie der Tod und halten die Goldstücke zurück.« »So sorgt, daß sie bald anderer Meinung werden,« sagte der Burgherr unwillig und wandte sich seiner Tochter zu, die sich von der Tafel erhoben hatte und zu ihm getreten war. Erstaunt sah er, daß sie ein verdrießlich Gesicht zog. Die goldene Schnalle der Richtertochter war ihr aufgefallen, und das Herz stand ihr danach. Sie drang in den Vater, er müsse für sie das Geschmeide erlangen, sonst würde sie vor Gier und Sehnsucht krank werden. Der Graf, der seinem einzigen Kinde keinen Wunsch weigerte, winkte den Richter herbei und befahl ihm, seiner Tochter aufzugeben, daß sie gleich das Schmuckstück ihrer hohen Gespielin als Geburtstagsangebinde überreichte, und so drohend sah er aus, daß ein Widerspruch vergeblich gewesen wäre. Der Richter rief seine Tochter, führte sie abseits in eine Fensternische und beschwor sie, den Schmuck herzuschenken. Er erinnerte sie an den festen Turm, darinnen die Unglücklichen schmachteten, die sich auf der Landstraße den Reisigen des Grafen widersetzt hatten und bewies ihr, daß es dem mächtigen Herrn ein Leichtes sei, sie beide zu verderben. So legte sie weinend den Schmuck ab und behielt nur die Münze, die sie an einem güldenen Kettlein um den Hals trug. Die Grafentochter aber steckte stolz die Schnalle recht auffällig an ihr Busentuch.

Während dessen herrschte an der Tafel eitel Lust und Fröhlichkeit, und besonders Ritter von Bauernmark erheiterte die Runde durch Späße und Scherze, berichtete von allerlei fremden Völkern und ihren Bräuchen und trank dabei auf das Wohl der Schönsten im Saale. Dabei ließ er die Blicke im Kreise herumschweifen, also daß er jedem Mägdlein in die Augen sah, und jede schon glaubte, sie sei die Prinzessin von Golconda. Des Richters Tochter hatte allmählich den Gespielinnen das Geheimnis vertraut, und so war des Ritters Auftrag jedem bekannt. Als die Tafel sich ihrem Ende neigte und die Pagen türkisches Konfekt und Leckereien herumreichten, erhob sich der Ritter von Bauernmark und sprach: »Vieledler Herr Graf! Verzeiht, wenn ich mich jetzt an Euch wende und einen Auftrag bestelle, dessen Ausführung keinen Aufschub erleidet. Ich komme als Abgesandter meines hohen Herrn, um ihm eine Braut zu suchen, die würdig sei, den Thron seiner Väter mit ihm zu teilen. Drei Bedingungen knüpft er an seine Werbung. Erstens dürfte in dem Lande, dem die Holde entstamme, nie ein ungerechter Richterspruch geschehen sein, nie das Recht für Geld verkauft werden. Denn Ungerechtigkeit ist wie ein ansteckend Gift, das in alle Seelen eindringt, und wo das Recht käuflich ist, da ist auch Liebe und Treue feil. Zweitens darf im Hause der Erwählten kein ungerecht Gut sein, ob viel oder wenig, und drittens, und das ist das schwerste, soll die Braut nicht begehrlich sein, sondern bescheidenen Sinns und demütigen Herzens. Wie sie aber aussehen solle, hat mein Herr mir so eindringlich beschrieben, daß ich seine Meinung genau kenne. So gestattet mir, edler Herr, wenn Euch die Werbung meines Herrn genehm ist, die Jungfrauen, die hier versammelt sind, zu mustern, und, wenn ich die Rechte finde, sie im Namen meines Herrn um ihre Hand zu bitten.«

»Das sei Euch unverwehrt, edler Ritter,« sprach der Graf. »Wenn der Tanz jetzt anhebt, so betrachtet meine Schönen wohl und tut mir kund, auf welche Eure Wahl gefallen ist.« Im stillen aber hoffte er, seine Tochter würde die Erkorene sein. Einen fürstlichen Eidam zu haben, das war das Ziel seiner Wünsche, und er häufte Gut und Geld zusammen, um sein Kind zur reichsten Erbin zu machen.

Während die Jungfrauen sich im Tanze drehten und neigten, die Häupter bald senkten und hoben, mit spähenden Blicken nach dem Brautwerber schielten und jede sich für die Auserwählte hielt, stand Bauernmark neben der Grafentochter. Plötzlich weiteten sich seine Augen und er rief laut: »Himmel, was sehe ich! O traurig Zeichen!« Der Tanz stockte. Alle Gäste drängten sich herbei. Der Graf forschte angstvoll, was seinem Gast fehle. »Etwas Schreckliches macht mich erzittern,« antwortete der Gefragte. »Mein hoher Herr, der Prinz, hat einen Bruder, der um ein Jahr jünger ist, denn er. Den duldete es nicht im Haus. Er wollte in die weite Welt und ließ sich durch keine Bitten halten. Unsere Königssöhne aber hatten jeder ein Gewerbe erlernt, das schrieb das Gesetz des Hauses ihnen vor, damit sie wissen sollten, wie dem, der hart arbeitet, zu Mute ist. Als es nun an das Scheiden ging, beschlossen beide, einander etwas zum Andenken zu geben, und sie schmiedeten aus Gold zwei Schnallen, die sollte jeder von ihnen tragen, sie nie ablegen und mit dem eignen Leben als höchstes Gut verteidigen. Und seht, die Schnalle, die Ihr, edle Herrin tragt, erkenne ich als die des jüngeren Prinzen. Die linke Hälfte ziert das Zeichen der Schlosser, zwei gekreuzte Schlüssel, die rechte zeigt das Wappen der Nagelschmiede, ein Herz von drei Nägeln durchbohrt, und je länger ich darauf sehe, desto mehr kommt es mir vor, als ob aus dem Herzen zwei rote Tropfen fließen. Lebt der Prinz noch, er hätte sich nie davon getrennt, auch nicht in höchster Not. Nur Räuberhand kann es ihm entrissen haben. So sprecht! Wie seid Ihr dazu gekommen? Wer hat es gewagt, in Eure Hand dies fluchbeladene Geschmeide zu legen?«

Die Grafentochter erblaßte. Dann sprang sie auf ihre Gespielin zu und rief zornig: »Hier, die Richterstochter ist es gewesen! Die Falsche wollte mir bei Euch schaden, damit Ihr ungerecht Gut bei mir fändet. Als Geburtstagsangebinde brachte sie mir den Schmuck.«

»So?« rief die Angegriffene aufgebracht. »Habe ich es Dir gegeben oder hast du es mir abgefordert und mich an Leib und Leben bedroht, wenn ich es nicht freiwillig herausgäbe? Gezwungen hast du mich, weil deine Begehrlichkeit mir das Kostbare nicht gönnte. Und nicht durch Raub erlangte ich es – mein eigner Vater gab es mir!«

»Und woher habt Ihr es, Herr Richter?« forschte Bauernmark. Der gestrenge Herr war bestürzt, daß er nicht vermochte, eine Lüge auszusinnen und ratlos dastand. »Ein armes Bauernweib brachte es − −« stotterte er, »Ich − − ich − − sollte ihr zu ihrem Recht verhelfen.« Weiter kam er nicht; denn der fremde Ritter rief: »Jetzt wird mir alles klar. Falscher Richter, Eure Schlechtigkeit ist enthüllt. Gestern traf ich ein armes Bauernweib, das mir weinend erzählte, wie es sein letztes Gut einem bestechlichen Richter habe geben müssen, um seinen einzigen Acker zu behalten. Ein Schmuckstück sei es gewesen. Ein Sterbender, den sie auf der Straße gefunden und in ihrer Hütte verpflegt habe, gab es ihr vor dem Hinscheiden. ›Bringe es zu meinem Bruder,‹ hatte er mit erlöschender Stimme gesagt. ›Er wird es Dich herrlich lohnen. Er heißt − −‹ da seien ihm die Augen zugefallen. Sie habe den Namen nicht mehr gehört und konnte seine Bitte nicht erfüllen. Die Reisigen eines hohen Herrn hatten den Fremden überfallen und beraubt; nur die Schnalle hatte er in den Falten seines Gewandes retten können.«

»Beruhigt Euch, edler Herr,« sprach der Graf. »Tröstet Euch. Wir wollen dem Täter nachforschen.« Dabei zitterte seine Stimme, denn er wußte wohl, daß es seine Knechte waren, die harmlose Wanderer auf der Landstraße plünderten. »Seid sicher, daß der Schuldige seiner Strafe nicht entgeht. Ihr, Richter,« wandte er sich in strengem Tone zu diesem, »begebt Euch sofort mit Eurer Tochter aus dem Schlosse und lasset Euch nie wieder darin blicken!« »Führt sie hinaus, weil sie es gewagt haben, mit kecker Lüge meine Tochter zu schmähen,« gebot er den Knechten.

Ehe der Richter und seine Tochter noch wußten, wie ihnen geschah, waren sie über die Zugbrücke gestoßen und mußten mit Schimpf und Schande abziehen.

»Setzt das Fest fort!« gebot der Graf den Gästen, die bestürzt und neugierig alles angehört hatten. »Wißt,« wandte er sich an den Ritter von Bauernmark, »es ist nicht meine Schuld, wenn durch falsche Diener das Recht in meinem Lande gebeugt wurde. Sagt Eurem Prinzen, meine Hände sind rein.«

»Wohlan,« sagte Bauernmark feierlich, »so werbe ich um Eure Tochter im Namen meines Herrn. Vielleicht war es eine Vorbedeutung, daß ich die Schnalle bei ihr finden sollte. Sie muß mir aber feierlich geloben, keinen andern zu ehelichen, sondern in Treue auszuhalten, bis mein Herr kommt und sie heimholt.«

»Das gelobe ich!« rief die Grafentochter und streckte die Hand hoch. »Das Bild Eures Herrn und die Schnalle behalte ich als Pfand.« »So seid Ihr dem Prinzen von Golconda angelobt!« rief der Ritter mit hallender Stimme. »Wie ich jetzt mit dem Schwerte einen Kreis um Euch ziehe, so werfe ich jedem den Fehdehandschuh hin, der es wagt, Euch als Werber zu nahen. Heimlich und unerkannt ziehen die Boten unseres Herrn im Lande umher. Eine Prüfungszeit ist Euch beschieden. Habt Ihr während dieser die Treue gehalten, so besteigt Ihr den Thron unseres Landes als Herrin. Brecht Ihr aber Euer Gelöbnis, dann seid Ihr und jeder Freier, dem Ihr Gehör schenkt, dem Tode verfallen. Nichts kann Euch vor der heimlichen Rache unseres Volkes schützen.«

Scheu wichen die Gäste vor der Grafentochter zurück, die in Furcht erschauernd ihr Haupt senkte.

»Beurlaubt mich baldigst, daß ich abreise und meinem Herrn Kunde bringe von dem Glücke, das ihm bevorsteht,« schloß der Ritter.

Als der Brautwerber am andern Morgen seinen Wagen besteigen wollte und sich vor dem Grafen verneigte, zog dieser einen grünseidenen Beutel voll Gold hervor und sprach: »Nehmt dies, Herr Ritter, als Dank dafür, daß Ihr die Falschheit meines Richters aufgedeckt habt.«

Vergeblich weigerte sich Schlupps, das Geschenk anzunehmen. Der Graf drang immer inständiger in ihn, bis er nachgab, es einsteckte und davonfuhr.

Die Grafentochter wies jeden Freier, der sich ihr nahte, zurück und wartete auf den Prinzen von Golconda. Ihr Vater aber wurde nach Jahren von einem räuberischen Nachbarn überfallen, der Burg beraubt und mußte mit seiner Tochter in der Hütte eines treuen Knechtes Unterkunft suchen. Da harren sie beide des Ritters von Bauernmark, der sie heimholen soll in das Reich seines Herrn, und warten noch heute.

Des Kaisers Bote

Wieder fuhr Schlupps im Lande umher. Da kam er eines Abends in ein Dorf, das abseits von der großen Straße am Fuße eines Berges lag. Den Hang hinauf kletterten die Häuschen, von denen eines hoch oben auf einem Bergvorsprung stand und mit blinkenden Scheiben in die Sonne blinzelte. »Hier wird schwer ein Unterkommen zu finden sein,« dachte Schlupps; denn ein Wirtshaus schien weit und breit nicht zu sehen. »Werd im Freien nächtigen müssen,« dachte er, »wie so manches Mal schon.« Da sah er einen Mann eilends den zackigen Bergpfad herabspringen und winkte ihm. Der Laufende stutzte, als er einen Fremden sah; denn einen solchen führte der Zufall selten her. – Nur manchmal kam armes Hudelvolk vorüber oder ein Troß Landsknechte, die sich meistens herumtrieben und einen Anführer suchten, der sie warb. Waren lauter Gäste, die scheel angesehen wurden und mancher machte drei Kreuze hinterher, wenn sie abzogen. Aber der vor ihm stand, war ein Herrischer, fein angezogen, der mit Pferd und Wagen allein daherkam und ihm scharf in die Augen schaute.

»Kann ich hier Nachtherberge finden?« Der Gefragte sah den Fremden an, kraute sich den Kopf und meinte: »Wohl. Ein Krug ist im Dorf. Ob er dem Herrn gefällt, ist eine andere Sache. Unansehnlich ist's da und laut geht es heute zu. Gemeindewahl ist bald. Ausspann könnte der Herr dort halten.«

»Gibt's da ein Bett?« fragte Schlupps. »Geben mag's schon eins. Rat' aber nicht dazu; denn die Wirtin ist keine gute. Sie steht mit der Reinlichkeit auf gespanntem Fuß und kann das Waschen nicht übermäßig leiden.«

»Wo kann ich sonst nächtigen?« »Wenn's eine Streu tut, ist mir der Herr willkommen.« »Wer seid Ihr?« forschte Schlupps. In des Mannes Wesen war etwas, was ihm zusagte. Er hatte ein ehrliches Gesicht und in den Augen leuchtete es auf wie von verhaltener Schelmerei. »Scheint eine Art Vetter von mir,« dachte Schlupps.

»Bin der Schweinehirt. Da oben das ist mein Häuschen.« Er wies hinauf zu der höchstgelegenen Hütte. »Weit hinauf,« meinte der Fremde. »Ist gut, wenn man weit ab von den Menschen haust,« nickte der andere. »Habt einen guten Platz als Hirte, langt es zum Auskommen?« fragte Schlupps. »Knapp geht's bei uns zu. Wißt, die Bauern zahlen nicht gern. Zwei Gulden im Jahr und das Essen für mich und mein Weib, aber gar wenig. ›Damit Ihr nicht so fett werdet wie unsere Schweine,‹ hat der Schultheiß gesagt und gelacht.« »Und wie lebt Ihr davon?« »Wie's halt geht. Die Kathrin, mein Weib, schafft noch im Feld und spinnt. Ich tu, was ich kann. Viel ist's nicht mehr. Mein rechter Arm ist steif. Mit dem linken kann ich schreiben; da verdien' ich ab und zu etwas bei den Bauern, denn von denen ist keiner des Schreibens kundig.« »Was?« rief Schlupps. »Ihr seid der Einzige im Ort, der lesen und schreiben kann?« »Ei freilich. Ein fremder alter Mann hat's mich gewiesen. Hab ihn einmal vor Jahren in meine Hütte aufgenommen, weil er gar so elend und verlassen war, noch ärmer als wir. Hat mich nicht gereut, was ich an ihm getan. Der konnte erzählen. Das war eine Lust, ihm zuzuhören. Man wurde nicht müd, wenn er sprach und wußte nicht, wann der Abend aufhörte und die Nacht anfing. Manchmal haben wir bis zum Morgen gesessen, der Alte und ich, und geschwatzt.«

»So wißt Ihr gewiß mehr als alle im Dorf,« neckte Schlupps. »Wär auch nicht viel,« meinte der andere bedächtig. »Denken nicht von hier bis dahin. Lassen sich die Sonne in den Mund scheinen und tun nur, was ihnen schadet. Aber unsereins darf nicht reden, und wenn er zehnmal sieht, wie sie das Dorf in Grund und Boden wirtschaften. Bin ja nur ein Schweinehirt.« – Ein spöttisches Lächeln flog über sein Gesicht.

»Wer war bisher Schultheiß?« forschte Schlupps, der anfing, seine Laune zu spüren.

»Der Reichste, der am längsten im Dorf sitzt. Er ist Herr von dem großen Hause drüben, auf dem die Wetterfahne knarrt. Der Waldsepp wird er geheißen; denn sein ist der größte Wald landaus, landein.« – – »Und wen machen sie jetzt zum Schulzen?«

»Wohl den Büchsenmichel. Heißt so, weil er tagaus, tagein die Büchse auf der Schulter hängen hat. Bei den Reichen geht das Amt reihum; die Andern haben das Zusehen. Jetzt sitzen die Mannsleut im Wirtshaus, die Kleinbauern, die Häusler und die Taglöhner und lassen sich sagen, für wen sie nächstens die Hand hochhalten sollen. Stimmen doch nur zu ihrem Schaden. Bekommen aber jeder ein Maß Wein frei vom Büchsenmichel und wären im Stand und verkauften für den Trunk ihre Seligkeit.«

»Könnt Euch doch gleich sein, Schweinehirt, wer Schulze wird,« warf Schlupps nachlässig hin und hielt seine Pferde fest, die ungeduldig mit den Hufen scharrten. »O nein, Herr,« rief der Hirte eifrig. »Seht, da hat der Büchsenmichel die Jagd an sich genommen und zahlt der Gemeinde ein Spottgeld dafür. Das Wild läuft in die Felder, macht alle Saaten zunichte, und keiner darf eine Wildsau abfangen. Gleich macht er ihm den Prozeß und es kostet eine harte Buße. Wenn's ein ganz armer ist, der nicht zahlen kann, oft Leib und Leben. Der Waldsepp schlägt den Wald ab, wo er will, daß die Lawinen herunterstürzen und alles umeinandreißen können, und ist bald kein Baum mehr da, der sie aufhält. Und dort, wo der Wildbach herunterstürzt und im Frühjahr den Dung von den Feldern spült und das gute Erdreich fortschwemmt, da müßte ein Gemäuer gemacht werden aus Steinen und Reisig. Ist aber zu nichts Geld da und keiner kümmert sich darum. Die Reichen wollen nicht zahlen und die Armen haben's nicht dazu. Zum Schulhaus langt's schon gar nicht. Der letzte Schulmeister hat sich müssen als Knecht verdingen, um nicht Hungers zu sterben. Das Schulhaus ist verfallen und die Kinder wachsen auf, daß Gott erbarm. Hätten wir einen Schultheiß wie sich's gehört, der an den Kaiser schreibt, damit Recht und Ordnung herkäme, es wäre eine Freud, was aus unserm Dorf werden könnte. Aber so – – ein Jammer ist's.«

Er brach ab und hielt erschreckt inne. Wie konnte er sich nur verleiten lassen, so frei heraus zu sprechen, noch gar zu einem Fremden. Einem Herrn! Wer weiß, was der für einer war und ob er es nicht mit denen hielt, die Reichtum und Ehren hatten. Aber jetzt klang die Stimme des Junkers gütig: »Schweinehirt, Ihr gefallt mir. Sagt mir noch, was tut Ihr denn mit den Gebrechlichen und Kranken, den Waislein und Heimatlosen?«

Der Hirt sah hoch, streckte den Arm aus und wies auf den Gottesacker. »Da können's hin, oder in die weite Welt. Für unnütze Brotesser ist kein Platz im Ort, hat der Schultheiß gesagt.«

»So, so, bläst der Wind daher? Da ist es an der Zeit, daß ich gekommen bin,« murmelte Schlupps. »Wißt, Schweinehirt, muß mir Eure Mannsleut einmal in der Nähe besehen. Zeigt mir das Wirtshaus.«

Wie er in die Gaststube trat, die niedrig und verräuchert war, da hob alles erstaunt die Köpfe, als der herrische Junker mit hallenden Schritten zu einem Tische ging und laut rief: »Wirt, Einen vom Besten! Aber rasch!« Kaum aber stand der Becher vor dem Herrn, so trank der nur einen kurzen Schluck und sagte zu dem Nächstsitzenden: »Gebt's weiter!« Das ließ sich der nicht zweimal sagen, tat einen kräftigen Zug und ließ den Becher herumgehen. Die Bauern tranken und staunten, rissen die Augen auf, stießen sich an und schoben die Zipfelmütze hin und her. Das war ihnen noch nicht vorgekommen. Ein vornehmer Herr, der so gemein tat, daß er unter ihnen saß, einen Wein nach dem andern ihnen vorsetzen ließ und zuhörte, was sie redeten. Doch jetzt erhob sich der Junker und sprach laut: »Männer! Ich komme weit her. Des Kaisers Kanzler schickt mich, daß ich in seinem Lande nach dem Rechten sehe; ihm berichte von allem, was sich zuträgt und wie seine Untertanen nach Zucht und Sitte leben. So wißt: Jeder Ortsschultheiß soll mir in einer Schrift kund tun, wie es zugeht in seinem Dorf. Ob der Schullehrer die Kinder unterweist und sie in Gottesfurcht und Tugend heranzieht. Wie die Felder gedeihen; ob Ihr dem

Wildschaden steuert, daß nicht der Fleiß zunichte gemacht wird und statt der Menschen die Wildschweine das Kraut und die Rüben fressen. Tut auch zu wissen, wie Ihr für die Armen sorgt, ob Ihr ein Spittel für die Kranken habt und ein Kloster für die Gottwilligen. Schreibt alles genau; denn der Kaiser läßt hintennach alles wohl untersuchen. Sollte aber in dem Schreiben etwas stehen, was nicht vor seinen strengen Richtern für wahr befunden wird, dann läßt er den Schultheiß binden und gefangen setzen. Und der Prozeß ist gar kurz. Des Seilers Tochter macht Hochzeit mit ihm und der Galgen ist schon da, an dem er baumeln muß.« Den reichen Bauern, die eben noch mit vollen roten Backen dagesessen, wurden die Gesichter schmal und spitz, als sie das hörten. Die Kleinbauern und Häuslerleut aber erhoben die Köpfe und sahen sich schmunzelnd an. »Möchte jetzt nicht der Büchsenmichel sein, und der Waldsepp ist auch nicht zu beneiden,« dachte mancher von ihnen schadenfroh. »Wißt, Herr,« kam jetzt der Wirt näher, »mit dem Schultheiß sind wir eben schlimm dran. Der's bislang gewesen, ist es seit einer Woche nimmer, und einen neuen haben wir noch nicht. Konnten keinen finden. Will sich keiner dazu hergeben, ein so saures Amt zu verwalten.« Dabei blinzelte er dem Büchsenmichel zu, als wollte er sagen: laß mich nur machen.

»Nehmt den Gescheitesten am Ort,« sagte der Fremde.

»Das hab ich allweil auch gesagt; bin ganz der Meinung des Herrn,« schwindelte der Wirt. »Aber wer ist der Gescheiteste? Keiner will ein Dummer, jeder ein Kluger sein, und keiner läßt den andern mehr gelten als er selbst ist.« »So nehmt den, der am besten mit der Feder und der Rede Bescheid weiß; nicht so viel hat, daß er sich mehr dünkt als die Andern. Einen, der alle im Dorf kennt, weiß, wie's jedem zu Sinn ist und bei den Kleinen und Großen wohl angeschrieben ist. Weiset ihn auch an, aufzuschreiben, wie es um Euer Geld steht und ob Ihr für die Landsknechte unseres Herrn Kaisers eine tüchtige Ladung Goldgulden schicken könnt. Denn der Türke steht vor dem Lande, und wenn er herkommt, bleibt nichts niet- und nagelfest. Er brennt Euch die Häuser über den Köpfen weg. Also richtet Euch ein: in zwei Tagen komme ich und hole mir Bescheid.«

Dabei zahlte er und verließ das Wirtshaus, wo die Bauern dasaßen, als hätte sie einer vor den Kopf geschlagen, vor sich hinstierten und kein Wort zu sagen wußten.

Der Fremde hatte seine Kutsche bestiegen und war fortgefahren, hinaus in eine einsame Jagdhütte, die ihm der Schweinehirte beschrieben und die einst einem hohen Herrn als Landaufenthalt gedient hatte. Jetzt lag sie einsam und verlassen, und nur manchmal stellte ein Fuhrmann seinen Wagen unter, wenn die Nacht ihn auf der Fahrt überraschte, oder wenn er das Geld im Wirtshaus sparen wollte. Die Bauern aber wunderten sich, wo der fremde Herr mit einmal hingekommen war und gingen am andern Morgen mit verstörten Gesichtern umher. Hatten sie bisher Zwist miteinander gehabt, weil jeder von ihnen Schultheiß sein wollte, so wichen sie jetzt einander aus, weil jeder sich fürchtete, der andere wolle ihm zureden, das Amt zu übernehmen, und keiner die Schrift an den Kaiser aufsetzen konnte.

Heimlich aber schlichen sie auf Umwegen zu dem Schweinehirten und baten ihn um Gotteswillen, doch für dieses Mal Schultheiß zu spielen und ihnen zulieb das Amt anzutreten. »Tut's, Simmel,« sagte der Waldsepp. »Habt ein Einsehen. Was kann Euch denn geschehen?« »Meint Ihr?« rief des Simmels Weib. »Mein Mann dürfte leichter hängen als Ihr? Wenn er jetzt dem Kaiser alles schreibt, wie's hier zugegangen ist im Dorf und wie Ihr gehaust habt, vermeint Ihr, der wird ihn strafen? Weit gefehlt! Euch geht's an den Kopf und so könnt Ihr es gleich auf Euch nehmen und wieder Schultheiß spielen.« »Weib, schweigt still und laßt Euren Mann reden,« entfuhr es dem Sepp. »Simmel, überlegt nicht lang. Auf Geld soll es uns nicht ankommen.«

Während dessen ging ein Handwerksbursche von Haus zu Haus, bat um einen Zehrpfennig und erzählte dabei, wie er weit herkomme und ob sie schon gehört hätten, daß der Türke nahe sei, senge und brenne und alles mitnähme. Hab und Gut, die Ochsen aus dem Stall und die Kleider aus der Truhe. Und da die Männer alle auf dem Felde schafften und nur das Weibervolk daheim war, so entstand bald am Brunnen ein Schwatzen und Wehklagen. Die Weiber liefen zueinander, jammerten und schrien und dann rannten sie heim und packten, was sie erreichen konnten, um es mitzunehmen, wenn der Türke käme. Da trug eine die Mulde voll Brot, das sie vom Bäcker geholt hatte und das noch dampfte, denn sie wollte nicht warten, bis es gar war, sondern hatte es gleich aus dem Backofen gerissen und war damit fortgelaufen. Eine andere trug heulend ein mächtiges Bündel Stroh auf dem Rücken, darin hatte sie ihr Kindchen gebunden, daß es im Walde weich liege. Ein Drittes schleppte keuchend eine leere Waschbütte herbei, wußte selbst nicht wozu, und eine Alte hatte eine Gans fest unter den Arm gepackt und zerrte in einem Netz Hühner und Enten mit. Es war ein Durcheinander, ein Heulen und Schreien, ein Laufen und Rennen. Betten flogen aus dem Fenster und unten auf der Gasse stürzten sich die Buben darauf und schleiften sie durch Pfützen und Moor über Stock und Stein. Der alte Küster humpelte in die Kirche, faßte den Glockenstrick und schwang ihn mit aller Macht, daß die alte Glocke, die schon einen Sprung hatte, jammervoll hinausklang auf die Felder, und die Kinder liefen hin und her, schwenkten ihre Stäbe und schrieen: »Der Türk! der Türk!« Und wäre er wirklich dagewesen, so hätte es nicht können schlimmer zugehen, denn die Furcht machte mehr Not und Unruh als der Krieg und der Feind.

Vom Felde her aber eilten auf das Geläut die Männer herbei mit Sicheln und Sensen, mit Dreschflegeln und Äxten und rotteten sich unter der Linde zusammen. Gerade kamen die Großbauern von der Beratung beim Schweinehirten zurück, blieben stehen und nahmen erstaunt wahr, wie das Volk unter der Linde stand und schrie und tobte. »Ihr kommt uns gerade recht,« rief ein junger Bursche mit funkelnden Augen. »Jetzt gebt Eure Goldgulden heraus für des Kaisers Soldaten. Der Türk kommt.« »Geld raus! Geld raus!« schrien einige und hielten die Sensen hoch. Die Weiber heulten und kreischten. »Der Türk! der Türk!« und vermeinten schon, ihn vor sich zu sehen. »Gebt Ruhe!« klang es laut über den Platz. Der Schweinehirt war auf eine Bank gestiegen, die vor dem Wirtshaus stand. »Gebt Ruhe! Schämt Ihr Euch nicht, so wüst zu tun? Was wollt Ihr eigentlich? Sprecht und sagt deutlich, was Ihr begehrt!«

»Einen andern Schultheiß!« riefen einige. »Einen andern Schultheiß,« stimmten die andern zu, und die Großbauern schrien: »Da habt Ihr den Rechten. Der Schweinehirte soll es für dieses Mal sein.« »Wir wollen, daß die Armen auch einmal an die Reihe kommen,« ließ sich der Waldsepp vernehmen. »Wählt den Simmel!«

Der wollte Einwendungen machen und heruntersteigen; aber starke Arme hielten ihn auf der Bank fest, und Arm und Reich schrie: »Du mußt! Du mußt!«

Da sah der Simmel um sich, winkte, daß es plötzlich stille ward und sagte ruhig: »Also Männer. Ihr wollt, daß ich Schultheiß werde und Recht hier zu sagen habe. So schwört mir vorerst, daß alles geschieht, wie ich es verlange.«

»Wir schwören!« klang es einstimmig, und die Großbauern schrien es am lautesten. Mit dem Schweinehirten wollten sie schon fertig werden. Der mußte doch tun, was sie wollten, wenn er nur erst die Schrift an den Kaiser aufgesetzt hatte.

»So bestimme ich,« rief der neue Schultheiß, »daß jeder Großbauer hundert Goldgulden an die Gemeindekasse zahlt!« »Hoho!« schrie der Büchsenmichel wie besessen. »Die Wahl gilt nicht.« »Wohl gilt's!« riefen die Kleinbauern und hielten die Sensen hoch. »Wohl gilt's!« rief der Simmel mit starker Stimme. »Habt es ja selbst so gewollt. Geht heim und holt das Geld auf der Stelle und einige von Euch gehen mit.«

Da blieb den Bauern nichts übrig, als zähneknirschend umzukehren und das Geld zu holen, und bald häufte sich ein Goldberg auf dem Holztisch vor dem Wirtshaus. Der Wirt mußte einen

Sack herbeibringen; in den wurde das Gold gefüllt und dann mit Wachs und Siegel fest verschlossen. »Haben die Großen zahlen müssen, so kommen jetzt auch die Kleinen an die Reihe,« rief der neue Schultheiß. »Kleinbauern! Ihr habt jeder eine Fuhre Bauholz zu fahren für ein neues Schulhaus, und Ihr Häusler,« wandte er sich an diese, »müßt jeder zwei Tage im Monat daran arbeiten. Denn das gibt's nicht bei uns,« setzte er hinzu, »daß einer annimmt und nichts dafür tut. Ist die Schule doch für alle Kinder im Dorf ohne Unterschied. Und wer etwas annimmt, ohne etwas dafür wieder zu geben, der leidet an Seele und Leib Schaden; denn er meint, er müsse nur das Maul auftun, und die gebratenen Tauben fliegen ihm dann hinein. Er verlernt das Arbeiten und das Wollen und weiß nicht, daß er sich selbst helfen kann.« »Recht hat er,« schrie der Waldsepp, der sich freute, daß die reichen Bauern nicht alles allein zahlen mußten, sondern daß die andern auch den neuen Herrn im Dorf zu spüren hatten.

»So ist des Kaisers Meinung!« klang es plötzlich. Der Junker im braunen Wams war herzugetreten. Da flogen die Kappen vom Kopf, und die Sensen und Sicheln sanken herunter.

»Werd's dem Kaiser berichten, wie Ihr Ordnung und Recht im Dorfe geschaffen habt,« sagte er mit fester Stimme. »Eine große Freude wird es dem Herrn gewähren; denn nur wo Recht und Zucht herrscht, kann ein Land gedeihen.« »Herr,« bat der Simmel, »wollt Ihr nicht das Geld für des Kaisers Heer gleich mitnehmen?« »Nein, nein,« wehrte der Junker. »Wenn's an der Zeit ist, wird es der Kaiser schon holen lassen. Einstweilen verwendet davon für Eure Gemeinde und tut damit, was not ist. Laßt Eure Kinder tüchtig lernen. Erzieht sie zu rechtschaffenen, aufrechten Männern und haltet alles so, daß Ihr vor des Kaisers Kanzler mit Ehren bestehen könnt.«

»So bitten wir Euch, Herr, etwas als Geschenk von uns anzunehmen, als Wegzehrung. Denn wäret Ihr nicht gekommen, so läg unser Dorf noch im Argen, und Ordnung und Zucht hätten nie Einkehr gehalten. Jetzt versprech ich Euch: Anders soll es werden und alle Vierteljahr werd ich dem Kaiser in einer Schrift Kunde geben, wie es bei uns zugeht.«

Damit reckte sich der Simmel hoch und sah herausfordernd um sich, und man konnte zum ersten Male sehen, was für ein hoch gewachsener Mann er eigentlich war, und wie hell seine Augen leuchteten. Denn bis dahin war er immer gebückt gegangen, als drücke ihn seine Niedrigkeit und Armut, und als müßten seine Augen den Erdboden suchen, anstatt in die Sonne zu sehen. Jetzt schaute er die Menge an, als wollte er sagen: »Ich bin Schultheiß, hütet Euch wohl.« Und die Bauern duckten die Köpfe. Der Schweinehirt machte ihnen Sorge. Mit dem war nicht gut anbinden, das merkten sie jetzt und bereuten im Stillen ihre Angst, die sie geheißen hatte, ihn zu wählen. Fiel ihnen aber der Türke und des Kaisers Kanzler ein, dann lief es ihnen kalt über den Rücken. Dann schon lieber den Simmel zum Schulzen.

»Hoher Herr!« bat jetzt der Schultheiß eindringlich. »Weiset unsre Gabe nicht zurück. Ihr habt sie redlich verdient. Wenn Ihr nicht bei uns eingekehrt wäret, hätt' es in unserm Dorf noch lange bös ausgesehen. Und nicht, weil Ihr des Kaisers Bote seid, sondern weil Ihr ein Herz für alle habt und für das Recht eintretet, wollen wir Euch erkenntlich sein.«

Da nahm der fremde Junker etliche Goldstücke an, bestieg seinen Wagen und fuhr davon. Der Schweinehirte aber blieb Schultheiß und das Dorf gedieh unter seiner Hand.

Die Königswahl

Jetzt will ich aber sehen, seßhaft zu werden, dachte Schlupps. Das ist kein Leben, immer in der Welt herumzufahren und von allen Menschen scheel angesehen zu werden als Müßiggänger und Tagedieb und nichts zu tun zu haben, als seinen Spott mit ihnen zu treiben. Doch was beginnen?

Ein Handwerk ausüben war nicht nach seinem Sinn. Das Schulmeistern noch einmal anzufangen lockte ihn nicht. Als Ritter umher zu ziehen, Bauern und ungerechte Richter züchtigen, hätte ihm am besten gestanden. Schließlich hoffte er auf den Zufall, der immer der Freund der Herumwandernden war und ihn gewiß an die rechte Stelle führen würde. Und sein Glaube sollte nicht trügen. Eines Tages kam er in eine Gegend, die ihm bekannt vorkam und die er seines Wissens noch nie gesehen. Schwarze Fahnen waren in Abständen in den Boden gesteckt. »Was bedeutet das?« fragte Schlupps einen Mann, der langsamen Schrittes die Straße daher kam. »Unser guter König ist tot,« sagte der. »Schon seit Wochen suchen wir einen neuen. Aber schwer ist der zu finden.« – »Hat Euer König denn keinen Sohn?« »Ach nein, Herr, nur eine Tochter. Wer König werden will, muß die freien. Es waren schon genug Prinzen da: schöne und häßliche, reiche und arme, dicke und dünne. Aber keiner konnte König werden, denn er wußte das Wort nicht.«

»Was für ein Wort?« fragte Schlupps erstaunt. »Seht Ihr, Ihr wißt es auch nicht!« rief der Mann. »Da habt Ihr's, wie sollen es die fremden Prinzen wissen?« Mehr konnte Schlupps nicht aus ihm herausbringen, so viel er auch frug. »Ja, das Königsein, das Königsein,« sagte der Mann. »Ist nicht so einfach, nicht so einfach. Bin froh, daß ich es nicht sein muß, nicht sein muß.« Damit bückte er sich zu seinem Acker nieder und fing an, Erdäpfel auszugraben, so dicke und große, wie Schlupps sie noch nie gesehen. »Mein Nachbar hat noch dickere,« meinte er, als er die verwunderten Blicke des Fremden gewahrte. »Da kommt er. Töffel, weise dem Herrn deine Feldfrüchte,« rief er dem Nachbarn zu. Der grüßte: »Jo, jo, dick. Sehr dick!« »Wieso erreicht Ihr, daß sie so werden?« fragte Schlupps wißbegierig. Der Angeredete lachte blöde. »Wachsen in der Erde.« »Natürlich,« gab Schlupps ärgerlich zur Antwort. »Das seh ich. Was tut Ihr dazu, daß sie so dick werden?« »Weiß nicht. Warte, bis sie dick sind,« war die Antwort.

Schlupps ließ die Beiden stehen und fuhr weiter. An einem Wirtshause machte er Halt, stellte seinen Wagen ein und beschloß, die Gegend zu Fuß zu durchwandern. Überall sah er schwarze Fahnen aufgestellt. Auf sein Befragen erzählte ihm der Wirt, was es mit dem Königswerden auf sich habe.

Jeder, der Herrscher im Lande sein wollte, mußte ein bestimmtes Wort aussprechen, das immer nur der König kannte und auf dem Totenbette seinem Kanzler anvertraute. Der hatte darüber zu wachen, daß der Thronbewerber das richtige Wort sage. Habe bis zum vierzigsten Tage nach dem Tode des Königs niemand das Wort gesprochen, so bleibe das Land ohne König und es gäbe ein furchtbares Unglück. Denn der König müsse nicht nur herrschen, sondern auch die neuen Menschen vom Lebensbaume abschütteln, der im Schloßgarten stände. Sobald im Lande zwei Menschen gestorben sind, geht der König an den Baum, rüttelt ihn und zwei Kinder springen herunter, die gleich genau so aussehen wie die Erwachsenen. Jetzt sei der gute König schon achtunddreißig Tage tot. Die Prinzessin harre des Gemahls, und noch habe sich keiner gefunden, trotzdem viele Prinzen da waren und Worte in allen Sprachen geredet hätten.

Die Sache kam Schlupps sonderbar vor. Er ergriff seinen Wanderstab und frug noch, ehe er weiterschritt: »Wie heißt Euer Land, Herr Wirt?«

»Das Land derer, die nicht alle werden,« war die Antwort.

»Die nicht alle werden,« murmelte Schlupps und wanderte los. An einer Straßenbiegung sah er einen Mann stehen, der hielt mit seinem Rößlein an einem leeren Brunnentrog; aber kein Wasser floß aus dem ausgehöhlten Baumstamm, in dem das Rohr lag. »Was ist hier, guter Freund?« rief Schlupps ihm zu, als er sah, wie das Pferd mit der Zunge gierig im leeren Becken nach Wasser suchte. »Es fließt nicht,« klang es zurück. »Laßt mich sehen; bin eine Art von Brunnenmeister.« Schlupps beugte sich nieder. »Ei, da steckt ja ein Stein im Rohr, müßt den herausmachen.« Der andere schüttelte den Kopf. »Das haben gewiß des Nachbars unnütze Buben getan. Ich zieh ihn nicht heraus.«

»Aber Euer Pferd verdurstet indessen,« sagte der neue Brunnenmeister. »Will es Euch in Ordnung bringen.«

»Nein! Nein,« beharrte der Bauer. »Wer es hineingetan hat, soll es wieder herausziehen.« Das Pferd schnappte und wendete kläglich den Kopf nach seinem Herrn. »Laßt mich Euch helfen, es ist ja nur eine Kleinigkeit,« bat Schlupps eindringlich; denn er hatte Mitleid mit der armen Kreatur.

Der Andere sah ihn mißtrauisch an. »Was kümmert's Euch?« brummte er. »Ist mein Pferd. Wer es hineingesteckt, soll es herausziehen. Ist Eures Amtes nicht.«

Er hielt die Hand fest auf die Mündung des Rohres gepreßt. Plötzlich wankte das Pferd, schlug um, streckte alle Viere steif von sich und lag steif und tot da.

»Ist meinem Nachbar recht geschehen. Sein Pferd wird auch so verdursten, wenn es an die Tränke kommt.« Damit zog der Bauer dem Vieh das Fell ab, warf es über die Schulter und wanderte langsam und gemütlich heim.

Schlupps sah ihm erstaunt nach. »Scheinen eigentümliche Leute hier zu Lande,« murmelte er und wanderte weiter. Er bog in eine Dorfgasse, da standen Maurer und bauten an einem Haus. Wenn sie einen Stein hergetragen hatten, stellten sie sich im Kreise auf, befühlten ihn, schoben ihn hin und her und putzten sich dann die Hände an der Schürze ab. Dann tauschten sie ihre Meinung darüber aus, wie der Stein den andern so ähnlich sehe, und endlich hoben sie ihn mit vieler Mühe und lautem Seufzen hoch und verschmierten die Fugen mit Lehm. Darauf ließen sie die Flasche kreisen und lobten einander für ihr fleißiges Tun. »Habt viel Zeit, Kameraden!« rief Schlupps. »Meint Ihr, Herr?« entgegnete der älteste Maurer. »Irrt Euch sehr. Bis heute sollte das Haus fertig sein. Seht nur wie wir vor Mühsalen schwitzen.« »Bis heute?« wunderte Schlupps sich. »Ist ja noch nicht das Kellergeschoß fertig.« »Seht Ihr, der Mann versteht's,« rief der Maurer. »Habe ich nicht gleich gesagt, wir werden bis heute nicht fertig. Der Herr ist wohl auch Maurer?«

»Freilich, Baumeister bin ich. Hab' schon manches Schloß hoch über den Wolken in den Lüften erbaut, dem kein Neider und kein Feind etwas anhaben konnte.«

»So, so, Baumeister ist der Herr. Ja, ja. Ei, ei, hätt' ich nicht gedacht. Also Baumeister ist der Herr. Wirklich?« »Ich meine, wir hören auf,« sagte der Alte bedächtig, »fertig werden wir doch nicht. Da ist es gleich, ob wir jetzt ein Ende machen oder des Abends. Was meint Ihr?« Seine Gefährten stimmten ihm zu und legten die Schürze ab. Schlupps aber, den ihre Langsamkeit und Trägheit verdroß, sagte ernsthaft:

»Recht so, Gevatter. Es geht jetzt in eins hin, und der Neue wird Euch doch mit des Seilers Tochter verheiraten, so oder so.«

Die Handwerker stutzten und sahen den fremden Mann scheu von der Seite an.

»Ist denn schon ein neuer König da?« fragten sie angstvoll.

»Das wißt Ihr nicht?« staunte Schlupps. »Ei, das pfeifen ja die Spatzen vom Dache, wie das Wort gelautet hat, ›Arbeite, arbeite,‹ hat der Neue gesagt. Jetzt schickt er im Lande herum, und wenn er Leute trifft, die Maulaffen feil halten und die liebe Tageszeit vergeuden, als wäre sie eitel Luft, dann fackelt er nicht, und die hier zu viel still gestanden haben, dürfen in der frischen Luft am Galgen herumtanzen.«

»Wir arbeiten! Wir arbeiten!« schrien die Maurer, ergriffen Hammer und Kelle und schafften darauf los, daß die Mauern emporschossen.

Und als Schlupps im Weiterwandern sich noch einmal umschaute, erblickte er das Haus hoch über den Boden emporragend, und lachend zog er fort.

Immer weiter durchzog Schlupps das Land und wunderte sich über die Menschen, die darin lebten; denn hatte er schon der Torheiten viele angesehen, so dünkte ihm doch, daß hier die Narren üppiger gediehen denn anderswo, und einer den andern an Narrheit übertraf. Als er am zweiten Tage die Hauptstadt betrat, fand er auch dort alle Straßen und Häuser zum Zeichen der Trauer mit schwarzem Tuch bedeckt. Auf seine Fragen nach einer Herberge erhielt er nirgends Antwort. Die Leute liefen aufgeregt durcheinander, denn heute war der letzte Tag der Wahl und war bis dahin kein König gefunden, dann stand ihnen großes Unglück bevor. Einer flüsterte dem andern zu, daß wieder fremde Prinzen angekommen seien. Die Hoffnung auf einen Herrscher war ihnen noch nicht geschwunden.

Schlupps sah um sich, ob er denn keinen fände, der ihm Auskunft geben könne; da sah er durch ein niedrig gelegenes Fenster in ein Gemach, darin ein Mann saß. Der hatte einen mächtigen Federkiel hinter dem Ohr und einen Haufen Papier vor sich.

Er ging in das Haus und öffnete, da auf sein Klopfen niemand antwortete, die Zimmertür. »Verzeiht, Herr,« sagte er höflich, »wollte Euch bitten, einem Fremden den Weg zu einer Herberge zu weisen.«

»Habe keine Zeit,« gab der Mann zurück. »Seht Ihr nicht, daß ich die Papiere zu ordnen habe?« Damit holte er aus der Ecke einen Stoß Bogen, legte sie auf einen Haufen, sah sorgsam nach, daß nicht eine Ecke über die andere hinausragte, betrachtete den Haufen bedächtig von allen Seiten, nahm ihn dann wieder auseinander und schichtete ihn in einer anderen Ecke wieder auf.

Schlupps kam das Bemühen des Mannes gar sonderbar vor, so daß er sich einer Frage nicht enthalten konnte. »Was sind das für Papiere, guter Freund?« sprach er freundlich. »Weiß nicht,« war die mürrische Antwort. »Die sollte unser König haben. Ist aber gestorben und hat sie nicht mehr zu Händen bekommen; muß sie jetzt immer säuberlich glätten und falten; denn ich bin des Königs Bogenleger.«

»Aber wenn Ihr doch keinen König habt, nützt Euer Tun einstweilen nichts.« »Kümmert mich nicht,« antwortete der Schreiber. »Habe zu besorgen, was mir aufgetragen wird. Wenn ich fertig bin, fange ich wieder von vorne an. Sie haben mir gesagt, daß ich das Papier glatt hinlegen solle.«

Neugierig ergriff Schlupps einige Blätter, schlug sie auf und sah mit Staunen, daß sie leer waren. »Aber es steht ja nichts darin,« rief er und blätterte weiter.

»So, so, nichts darin?« sagte der Schreiber trocken. »Ei freilich, überzeugt Euch selbst. Solltet sie wohl nur dem König zu Händen legen, wenn er schreiben will.« »Weiß ich nicht,« murmelte der Andere, ergriff schnell die Blätter, die Schlupps auseinander gerissen hatte und suchte sie zu glätten.

»Wie heißt Ihr, Fremder?« forschte er. »Nennt mich der Neue,« sagte Schlupps. »Wißt, Neuer,« knurrte der Bogenleger, »Ihr gefallt mir nicht. Seid fürwitzig und ein unbequemer Geselle. Wäre besser, Ihr ließet mich ungestört bei meiner Arbeit. Geht lieber vor das Schloß, wo heute Königswahl ist und seht zu, ob wir einen Prinzen bekommen. Zeit wär's.«

Schlupps verließ ihn und schloß sich der Menschenmenge an, die auf dem weiten Platz vor dem Schlosse flutete. Dicht gedrängt standen sie; aber kein unfreundliches Wort war zu hören, wenn auch manchmal das Gedränge arg war. Stumm harrten sie, und was Schlupps am meisten verwunderte, war, daß alle einander so ähnlich sahen, wie ein Ei dem andern, und man meinte, immer dasselbe Gesicht in einem tausendfältigen Spiegel zu sehen.

Jetzt ertönten Trompetenstöße. Aus dem Schlosse kam ein Zug stattlicher Ritter und Frauen geschritten. Sie scharten sich um den Thron, zu dem der Kanzler die Prinzessin feierlich geleitete. Die Königstochter hielt die Augen gesenkt; als sie aber einmal den Blick hob, bemerkte Schlupps, daß die Wunderschöne teilnahmslos und gleichgiltig in die Ferne sah, als habe sie keine Wahrnehmung von dem, was um sie geschehe.

»Prinzessin,« fragte der Kanzler laut, »seid Ihr gewillt, den zum Gatten zu nehmen, der das rechte Wort findet, wer es auch sei?« Sie neigte zustimmend das Haupt. »Ich tue, wie es Brauch ist,« sagte sie mit gleichmütiger Stimme. Dann stieg sie die Stufen des Thrones hinauf, setzte sich nieder und schaute träumenden Blickes auf die Volksmenge. Der Herold stieß in das Horn.

Hervor trat der erste Prinz. Es war ein dürres Männchen; die spärlichen Haare bedeckte eine hohe Mütze, an der bunte Bänder herunter hingen. Sein Kleid prangte in bunten Farben und seine spitzen Hackenschuhe erregten das Verwundern der Mädchen und Frauen. Er legte die rechte Hand auf die Brust, verneigte sich vor der Prinzessin, nickte grüßend zu dem Volke hinüber und sagte mit krähender Stimme: »Herr Kanzler! Ich bin ein Königssohn. So habe ich meinen Ministern Auftrag gegeben, das Wort für mich zu finden. So viel sie nachdachten, sie konnten es nicht ergründen. Da gab mir mein Hofnarr vor der Fahrt einen Zettel und riet mir, ihn erst hier, wenn ich vor der liebwerten Prinzessin stehe, zu öffnen. So gestattet, daß ich Euch das Wort künde.« Er faltete das Blättchen auseinander und las mit stockender Stimme:

»Albern – dalbern. Albern – dalbern.«

Der Kanzler schüttelte das Haupt: »Es tut mir leid, Prinz. Doch das ist nicht das Rechte.«

Der Königssohn wurde blaß, drehte sich um und verließ eiligen Schrittes den Platz.

An seine Stelle trat ein hochgewachsener Mann, der Königssohn von Südland. Er neigte leicht das Haupt vor der Prinzessin, warf keinen Blick auf die Menge und sagte kurz und mit harter Stimme:

»Das Wort heißt: Duck dich. Duck dich!«

»Falsch, Herr Prinz!« rief der Kanzler, froh, den Hochmütigen nicht zum König krönen zu müssen. Wütend riß der das Schwert aus der Scheide und wollte sich auf den Kanzler stürzen, doch rasch hatten die Wachen sich seiner bemächtigt und führten ihn ab.

Jetzt trat der Dritte hinzu. Mit süßem Lächeln grüßte er die Prinzessin, die entsetzt auf ihn blickte, denn sein faltiges, gelbes Gesicht trug einen listigen, unheimlichen Ausdruck. Er drehte sich zu dem Volke, breitete die Arme aus, als wolle er es segnen und reichte dann dem Kanzler die Hand. »Wohl dem Lande, das einen solchen Wächter hat,« rief er. »Ihr seid der Mann, den ich mir zur Seite wünsche. Mit Euch gemeinsam wollte ich das Land regieren, daß es eine Lust ist. Das Wort, das Ihr sucht, ich habe es gefunden, und Ihr, Herr Kanzler, werdet mir bestätigen, daß es das Rechte ist. Reicht mir zum Zeichen Eurer Freundschaft die Rechte und vernehmt die Worte! Sie heißen:

Dein – Mein. Dein – Mein.«

Wiederum schüttelte der Kanzler den Kopf. Mit leisen Schritten glitt der Bewerber fort, ballte heimlich die Faust und warf einen giftigen Blick zu dem Throne hinüber. Der Kanzler seufzte auf und sprach mit müder Stimme: »Liebes Volk! Heute ist der letzte Tag der Königswahl. Schon neigt sich die Sonne dem Untergang zu, und kein König hat sich gefunden. Fürder werden wir nicht mehr heißen: das Volk derer, die nicht alle werden. Zu Ende geht es mit uns, und keiner ist da, der dem Unglück steuert. Kommt, Prinzessin, daß ich Euch in das Schloß geleite!«

»Halt! Halt!« klang eine helle Stimme über den Platz. Schlupps hatte sich durch die Menge gedrängt und stand neben dem Thron: »Laßt auch mich versuchen, ob ich das Wort finde.«

Aller Augen richteten sich auf den Mann, der furchtlos, den Kopf zurückgeworfen, mit freundlichem Gesicht um sich schaute. Die Prinzessin, die mit starren Augen vor sich hingesehen hatte, heftete erstaunt den Blick auf ihn, lächelte zum ersten Male, und Schlupps sah, wie holdselig und schön sie war.

»Laßt mich Euch erzählen von meinen Fahrten und Irrgängen, damit Ihr wißt, wer der Mann ist, der bei Euch das Königsein begehrt,« rief er, zum Volke gewendet. Im Stillen aber hoffte er, daß der Zufall, der ihm immer ein guter Freund gewesen, ihm helfen würde, die Prinzessin zu gewinnen, die er beim Sehen gleich in sein Herz geschlossen hatte.

Und Schlupps begann zu erzählen. Alles Volk hing gespannt an seinen Lippen. Wie anders klang seine Rede, als das, was die Prinzen vorher gesprochen. Wie fremd und doch wie bekannt, wie hoch und doch wie verständlich. Sie hätten ihm immerwährend lauschen mögen. Was hatte er alles erlebt und gesehen! Wie kannte er die Menschen in Hütte und Schloß; wie hatte er sie belauscht bei der Arbeit und bei Lustbarkeiten.

Des Kanzlers Herz pochte. So hatte er sich den neuen König erträumt; aber noch kam das erlösende Wort nicht, und der Sonnenball stand glühend rot im Westen. Noch einige Minuten – und der Tag war vorüber – der Königsthron leer. Kaum hörte er, was der Fremde sprach. Sein Blick flog angstvoll zum Himmel, wo das Gewölk rosig zu erglühen begann. Seine Hände falteten sich und er flüsterte leise eine Bitte um ein Wunder.

Nur schwer vermochte er zu hören, wie Schlupps jetzt erzählte von den Maurern, die er getroffen, und wie vieles hierzulande anders werden müsse. Fast drohend richtete er sich auf und rief: »Ändern müßt Ihr Euch! Ändern!« »Ich denke – – –« Da schrie der Kanzler laut auf: »Das Wort! das Wort!« Er stürzte vor, ergriff Schlupps' Hand und bat: »O, sprecht es noch einmal, Herr!«

»Ich denke!« wiederholte Schlupps laut, und das Volk brach in Jubelrufe aus und sprach die seltsamen Laute nach, die es noch nie gehört hatte, wie träumend, nicht wissend, was sie sagen sollten.

Schlupps wandte sich zu der Prinzessin, die ohnmächtig hingesunken war. Er neigte sich hernieder und küßte sie auf die Stirn.

Da schlug die Königstochter die Augen auf, sah ihn mit klaren Blicken an und sagte mit lauter, fester Stimme: »Dich will ich!« Das Volk aber schrie und tobte und wußte sich vor Freude nicht zu fassen. »Die Probe! die Probe!« drängten sie.

»Nur noch eine Prüfung steht Euch bevor, hoher Herr!« sagte der Kanzler. »Draußen im Schloßhof steht ein Lebensbaum. Versucht es, ob auf Euer Schütteln Menschen herabfallen!«

Feierlich geleitete er Schlupps zu dem Baume. »Faßt kräftig seinen Stamm,« riet er dem Fremden zu. Der lächelte, griff mit der Rechten in das Gezweig, schüttelte die Krone und herab sprangen zwei Kinder: ein Knabe und ein Mädchen. Doch, o Wunder! sie sahen nicht aus wie jene, die bisher heruntergefallen waren, sondern sie glichen auf ein Haar dem neuen König und der Prinzessin, und als sie jetzt an der Hand des Kanzlers heraustraten, um dem Volke gezeigt zu werden, da staunte dieses, mit wie klugen Blicken die Kleinen um sich sahen, und wie zierlich und anmutvoll sie sich bewegten. Feierlich traten Pagen hervor; auf sammtnem Kissen trugen sie eine Krone herbei. Die Prinzessin ergriff sie, um sie Schlupps auf das Haupt zu setzen. Doch zögernd wich der zurück. Sein Blick fiel auf die Menge, deren Blicke erwartungsvoll an ihm hingen. Die Krone dünkte ihm eine goldene Kette, die ihn an den Boden schließen wollte. Noch einmal tauchte in seiner Seele die Sehnsucht nach dem freien Umherziehen, dem Wandern von Ort zu Ort auf, und gern hätte er die neue Würde dahingegeben, um als fahrender Geselle sich herumtaumeln zu dürfen.

Die Prinzessin nickte ihm lächelnd zu. Sie verstand, was in ihm vorging. »Ich halte dich fest,« sagte sie ruhig. »Ich will!« Da erfaßte Schlupps mit der Linken ihre Hand, mit der Rechten drückte er den Reif auf sein Haupt und rief:

»So ergreife ich Besitz von Eurem Throne. Und meine erste Tat sei, Euch umzunennen. Nicht mehr sollt Ihr heißen ›Die nicht alle werden,‹ sondern: ›Die, so da kommen!‹«

So wurde er König und regiert noch bis zum heutigen Tage. Wollt Ihr wissen, wo? Ei, das verrät keiner! —

Ende